ZORADA,

ou

LA CRÉOLE.

ZORADA.

Mariage Sc.

ZORADA,

OU

LA CRÉOLE,

PUBLIÉE

PAR ÉMILLE J....T.

PREMIÈRE PARTIE.

A PARIS.

DE L'IMPRIMERIE DE VATAR-JOUANNET,
RUE CASSETTE, n°. 913.

AN IX—1801.

AVANT-PROPOS.

———

Ceux qui croiront à la réalité des malheurs de Zorada me reprocheront sans doute de n'avoir pas fait disparaître les négligences de style, les incorrections fréquentes, et tant d'autres défauts que le lecteur ne manquera pas d'appercevoir : on aime la vérité, mais on la veut parée de tous ses charmes. Ceux qui s'obstineront à ne voir dans Zorada que deux volumes de plus à inscrire au nombreux catalogue de nos modernes romans, seront encore plus difficiles; car le mensonge demande plus de parure que la vérité. Ils prétendront en outre que je n'ai pas su tirer de mon sujet tout le parti que l'on pouvait s'en promettre : Zorada leur paraîtra larmoyante, Coraly froide, James sans caractère, et c'est beaucoup s'ils trouvent le capitaine Thunder assez fortement dessiné. D'ailleurs, quelle témérité que d'oser publier aujourd'hui un roman où tout se passe dans l'ordre ordinaire et naturel? Nous sommes habitués maintenant à de violentes secousses : ce n'est pas trop de la terreur pour nous toucher, des revenans pour nous émouvoir, et de tout l'enfer pour nous attendrir.

Je n'ai rien à répondre aux reproches des uns et des autres : j'avoue même qu'il en est encore de plus graves et de mieux fondés que l'on peut faire à mon livre. Une jeune fille sans expérience, luttant vainement contre un tempérament de feu, contre le délire de ses sens et de son imagination, n'offre peut-être pas

un tableau très-moral ; je pré-
vois même qu'aux yeux de bien
des gens , les malheurs dont
elle devient la victime ne lui
feront pas trouver grâce. On
répétera ce que l'on a dit mille
fois des histoires et des romans
d'amour : dans ces sortes d'ouvrages , dira-t-on , le lecteur
s'empare avidement de tout ce
qui parle au cœur ; il voit à
peine ce qui s'adresse à la raison : on s'ennivre du poison
qui séduit , et l'on néglige l'an-
tidote qui fatigue et dégoûte.
Aussi , verra-t-on constamment
Héloïse donner plus de victimes

à l'amour, que de colombes au Seigneur ; Clarisse préparer plus de triomphes aux Lovelace, que de palmes à l'innocence ; et la vertueuse Julie de St. Preux, porter plus d'inconstance que de fidélité dans nos ménages.....
Qu'opposer à de si bonnes raisons ? Je ne sais : mais les Richardson et les Jean-Jacques, vivront éternellement dans la mémoire et dans l'estime de tous les hommes.

Je ne crois pas que l'on me suppose la sottise et la vanité d'oser établir ici une comparaison ridicule entre les immortels ouvrages dont je viens de parler, et quelques lettres que je trouve moi-même très-faiblement écrites. Cependant je dois peut-être me défendre sérieusement de cette folie, au moins auprès des partisans de certaine maxime anglaise que l'on oublie un peu trop aujourd'hui. — Je connais, disait un vieux philosophe Anglais, deux choses qui portent dans la tête tout le délire de l'orgueil et de l'impudence: c'est l'encensoir entre les mains d'un homme, et l'écritoire entre celles d'une femme. — J'espère que mon titre de femme et d'auteur me fera pardonner cette citation. D'ailleurs, pas un des inté-ressés ne croira la sentence sans appel.

ERRATA.

PREMIÈRE PARTIE.

Page 9, ligne 3, *Juin ;* lisez, *Mai.*

Page 30, ligne 8, *habitait ;* lisez, *logeait.*

Page 61, ligne 14, *je l'ai vu pâlir et frissonner ;* lisez, *je l'ai vu frissonner.*

SECONDE PARTIE.

Page 81, dernière ligne, *sa vertueuse ;* lisez, *ma vertueuse.*

ZORADA,

ou

LA CRÉOLE.

INTRODUCTION.

L'infortunée dont je publie
aujourd'hui l'histoire, demeurait, au mois de juin 1793, au
château de St. B......y, à deux
lieues de Nantes, chez madame de Ch......x, où j'étais

A

moi-même à cette époque. Je
n'essaierai point de tracer ici
son portrait ; je me contente-
rai de dire qu'elle joignait à la
plus grande beauté , toutes les
qualités de l'esprit et du cœur.
Je ne connaissais alors d'autres particularités de sa vie ,
sinon que , victime des plus
grands malheurs , elle avait
trouvé auprès de madame de
Ch.....x , les consolations et
les soins que l'humanité, la
bienfaisance et la générosité
peuvent prodiguer à l'infortune.

Le vif intérêt que l'aimable
Zorada inspirait à tous ceux
qui l'approchaient , avait fait

naître chez moi un pressant
desir d'apprendre d'elle - même par quelle suite de revers elle se trouvait, pour
ainsi dire, abandonnée en
France, loin de ses parens et
de sa patrie; mais madame
de Ch......x, à qui je té-
moignai toute ma curiosité
sur cet objet, craignant que
je ne r'ouvrisse des bles-
sures trop récentes, me pria
de ne pas rechercher aussi vivement de telles confidences.
C'est une barbarie exercée envers le malheureux, me disait
ma respectable amie, que de
vouloir pénétrer dans son
cœur presque malgré lui; et

avant qu'il se soit décidé de
lui - même à répandre ses
larmes dans notre sein, et à
nous confier les secrets motifs
de ses peines.

Je cédai à ces puissantes con-
sidérations : je résolus d'attendre du temps et d'une liaison plus intime, une confiance
qu'il aurait été cruel d'exiger
en ce moment.

Je ne pus demeurer que peu
de jours au château de St. B..y;
je fus bientôt contrainte de
m'éloigner de madame de Ch..x
et de son intéressante protégée.
La guerre civile qui, dans ces
temps désastreux, ensanglan-
tait les rives de la Loire, me

priva de toute correspondance avec mon amie. Non-seulement il me fallut renoncer au plaisir de recevoir de ses nouvelles, mais encore je me vis réduite à trembler chaque jour pour sa vie ; car je savais combien il était difficile, au milieu du choc épouvantable des divers partis, d'échapper aux fureurs des uns et des autres. Des bruits de pillage, de meurtre et d'incendie, venaient sans cesse frapper mes oreilles et déchirer mon cœur. Cependant mes affaires me permettant de retourner à St. B.....y, et le théâtre de la guerre s'étant éloigné des murs de Nantes, je quittai la ville pour retourner auprès de mon ancienne amie.

En arrivant au château , je trouvai madame de Ch......x , seule dans son salon. Sa physionomie me parut très-altérée; je crus y reconnaître l'empreinte d'une profonde tristesse ; mais je n'attribuai d'abord ce changement qu'aux inquiétudes et aux alarmes inséparables du genre de vie qu'elle avait dû mener pendant plusieurs mois au milieu du tumulte des armes, et sans cesse exposée aux dangers que la guerre civile traîne à sa suite.

Aussitôt que j'eus rempli les premiers devoirs de l'amitié ,

je m'empressai de lui demander des nouvelles de Zorada.
— Zorada , me répondit tris-
tement madame de Ch......x ,
Zorada !.... l'infortunée a ces-
sé de vivre !— Sans rien ajouter de plus , elle me prit la
main , me fit entrer dans son
cabinet , et me montrant une
petite urne d'albâtre , couverte
d'un crêpe funèbre.... Tout ce
qui m'en reste est là... et aussi
là , dit-elle plus vivement , en
portant ma main sur son cœur.

Mon amie paraissait profon-
dément affectée, je ne l'étais pas
moins ; nous gardions l'une et
l'autre le silence , et nos yeux
demeuraient attachés sur le

triste monument. Je revins la
première à moi-même ; ce fut
pour engager ma respectable
amie à modérer son affliction ,
et sur-tout à éloigner de ses
regards un objet lugubre ,
dont l'aspect ne pouvait que
nourrir sa douleur.

— Ma chère Emilie , me dit-
elle , je plains l'ami qui ne
peut supporter la vue des choses qui lui rappellent un ami
qui n'est plus ; je le plains
presqu'autant que celui qui ,
pour aimer toujours, a besoin
de la présence de l'objet aimé.
Croyez-moi , mon Emilie , je
trouve plus de consolations que
de larmes auprès de l'urne que

vous voyez... Elle renferme tous
les papiers relatifs à l'infortunée ; vous y trouverez ce que
vous desiriez si vivement de
connaître, lors de votre premier
séjour ici. Quand vous aurez
tout vu, vous demeurerez con-
vaincue que l'infortunée ne
pouvait plus trouver la paix ici
bas. La persuasion où je suis
que cette ame innocente et
pure se repose maintenant dans
le sein d'un dieu qui lui aura
sans doute pardonné quelques
erreurs, qu'elle n'avait déjà
que trop expiées, me console
et m'aide à supporter sa perte.

Madame de Ch......x, me
permit d'ouvrir l'urne pour en

retirer les papiers. Je m'en
approchai religieusement, et je
levai en soupirant le voile fu-
néraire.

Quand le couvercle fut ôté :
voilà d'abord, me dit madame
de Ch.....x, les lettres que
m'écrivit le bon curé de St.-Se-
ver, quand il envoya Zorada
chez moi; mes réponses y sont
aussi.... Ce cahier est l'histoire
même de l'infortunée, écrite
de sa propre main. Ces autres
papiers détachés, sont presque
tous de la main de Zorada:
ils ne vous offriront que des
phrases sans suite, des regrets
donnés à un objet aimé, premier et dernier auteur de tous

les maux qu'elle a soufferts... Ce mouchoir de batiste que vous voyez, était le bien le plus précieux de Zorada(1). Quant à ce bouquet de roses que le temps a déjà desséchées, c'est le dernier que Zorada ait ceuilli pour moi !.... La pauvre enfant !.... En me l'apportant, elle ne s'attendait pas au coup affreux qui allait la frapper !..... (En prononçant ces derniers mots , mon amie mouillait de ses larmes ces tristes débris.......) Prenez cette urne , ma chère Emilie , emportez - la ; quand vous aurez parcouru les papiers , vous remettrez le tout à

_____

(1) On saura bientôt pourquoi.

sa place : je ne veux pas m'en séparer.

Mon amie cessa de parler. J'étais dans une situation inexprimable. Cependant j'emportai l'urne couverte de son crêpe , et je me mis aussitôt à parcourir les papiers qu'elle renfermait.

L'intérêt que cette lecture m'inspira , me fit demander à madame de Ch....x, la permission de les copier. Elle me l'accorda, et depuis elle a même consenti à ce que je les publiasse , en cachant son nom , ne voulant pas, m'a-t-elle dit , qu'on occupât le public du peu de bien qu'elle a fait pendant sa vie.

LETTRE PREMIÈRE (1).

Le curé de St.-Séver à Madame
de Ch...x

Nantes, le 1er. Mai 1793.

FÉLICITEZ-MOI, Madame, je
ne quitterai point la vie, sans avoir,
encore une fois, saisi le moment
de faire une bonne action, ni sans

---

(1) Je transcris ici les lettres et les autres papiers dans l'ordre où ils étaient déposés dans
l'urne.

vous avoir offert l'occasion de la partager.

Mon ame était flétrie ; les longues persécutions qu'ils m'ont si injustement fait éprouver, avaient brisé mon cœur, abattu mon courage... J'étais tenté de m'écrier avec *Caton* mourant, *la vertu n'est qu'un vain mot.* (1) . . . .

_____

(1) Je prends sur moi de supprimer ici quelques phrases, où ce vénérable vieillard déplorait avec amertume les maux de toute espèce sous lesquels il avait, comme tant d'autres, été forcé de gémir, à l'époque funeste où il écrivait. Si ces pages tombent jamais sous ses yeux, il approuvera le motif de cette lacune ; il se refuserait sans doute, comme moi, à rappeler des temps que nous devrions tous oublier. Celui qui, dans des jours de paix et de concorde, ose réveiller les haines, me paraît plus coupable que l'assassin : le monstre reporte froidement le poignard dans la plaie qui commençait à se cicatriser.

Mais enfin le ciel est juste : peut-être même ne m'a - t - il soumis à des épreuves aussi cruelles , que pour me rendre plus douces les jouissances qu'il me ménageait.

Pardonnez - moi , Madame , cet ennuyeux préambule : la vieillesse aime à parler de ses peines. Je passe au sujet dont j'ai à vous entretenir.

Lundi dernier , des pêcheurs de la baie aperçurent à l'horizon une chaloupe qui semblait abandonnée aux vents et aux flots : la marée montante la portait rapidement vers les rochers qui sont à deux lieues de la côte. La crainte qu'il n'y eût encore des êtres vivans dans cette barque fragile , s'empara de ces bonnes gens. Ils lancèrent aussitôt leur bateau à la mer , et ramèrent vers l'objet de leur inquiétude. Ils approchent : quel spectacle se présente à leurs yeux ! Une jeune femme étendue sans connaissance, dans le fond de la chaloupe, et un matelot presque mourant, dont les mains impuissantes étaient encore attachées aux rames ; l'épuisement l'empêchait de s'en servir, il était comme anéanti.

Les pêcheurs transportèrent sur leur bord la jeune femme et le matelot, les ramenèrent à terre, et leur prodiguèrent tous les secours que le lieu et leur peu de moyens leur permirent d'employer.

On désespéra, pendant près de deux heures, du salut de la jeune personne ; mais enfin elle revint à la vie. Ses libérateurs lui remirent fidellement une petite cassette qu'ils avaient trouvée dans la chaloupe, et dont le poids annonçait qu'elle devait contenir de l'or... Elle y prit une somme assez forte qu'elle partagea entre le matelot et les pêcheurs qui l'avaient arrachée à une mort inévitable.

D'après le récit du matelot on apprit que la chaloupe était celle du *Poisson-Volant*, navire de St.-Domingue, armé en course, et commandé par le capitaine Thunder. Il venait en France, et était près d'y arriver, quand il rencontra un corsaire anglais supérieur en forces, mais contre lequel il ne put éviter de se battre. Thunder aima mieux se faire sauter, que de se rendre.... Sa perte avait entraîné celle de l'ennemi, les deux bâtimens avaient péri dans l'explosion. Le matelot et la jeune femme ne s'étaient sauvés que d'après la vo-

B

lonté expresse du capitaine, qui les avait fait mettre dans la chaloupe, et leur avait ordonné de s'éloigner.

Zorada, c'est le nom de la jeune personne, prit congé de ses libérateurs, et partit pour Nantes où elle arriva mercredi dernier. Elle descendit à l'image St.-Pierre auprès du Cours.

Deux jours après son arrivée la servante qu'on avait mise à son service dans l'hôtellerie, venant, selon sa coutume, apporter le déjeûner à sa maîtresse, trouva la porte de l'appartement ouverte : la serrure en était brisée. Elle passa dans la chambre à coucher : Zorada , était fortement garottée aux pieds du lit , et un mouchoir appliqué sur sa bouche, l'empêchait de crier.

La servante s'empressa de briser les liens de Zorada : bientôt on put connaître les détails de cet événement tragique.

Des voleurs s'étaient introduits, pendant la nuit, dans l'hôtellerie ; ils avaient pénétré, sans être découverts, jusqu'à l'appartement de Zorada... Sa faiblesse et son effroi la mirent hors d'état de les empêcher de consommer le crime ; d'ailleurs les barbares précautions auxquelles ils avaient eu recours, ne lui ôtèrent que trop sûrement les moyens de semer l'alarme par ses cris, ou de prendre la fuite. Bien rassurés contre les efforts de leur victime, ils emportèrent la cassette, des bijoux, et tout ce qui leur parut de quelque valeur. L'infortunée demeura pendant le reste de la nuit, dans cet état affreux, livrée

aux réflexions les plus déchirantes
sur l'avenir. Qui pourrait peindre les angoisses d'une jeune personne, sans amis, sans parens,
qui se voit précipitée tout-à-coup
du faîte de l'opulence au sein de la
misère !...... Je parle à la sensible
madame de Ch...x, et je n'ai pas
besoin d'entrer dans de plus longs
détails, pour lui faire sentir toute
l'horreur du tableau.

Jusqu'ici les recherches que l'on
a faites pour découvrir les auteurs
du crime, ont été inutiles ; on n'a
pu saisir aucun fil de cette trame
infernale.

L'histoire de Zorada fit beaucoup
de bruit à Nantes; ses malheurs, que
sa beauté semblait rendre plus frap-
pans, affligèrent tous les cœurs.
On ne parlait que de l'horrible ca-
tastrophe ; chacun plaignait la

belle étrangère ; mais on se bornait à ces vaines démonstrations. Dans une cité aussi peuplée que Nantes, il ne se trouva personne qui tendît une main secourable à celle qui semblait inspirer un intérêt si général (1).

Quelques libertins croyant pouvoir abuser de la déplorable situation de Zorada, excités d'ailleurs par ce que l'on publiait de ses charmes, osèrent se présenter chez elle, pour lui faire de ces propositions in-

---

(1) Rien de plus commun que ces preuves équivoques de notre prétendue sensibilité. Nous pleurons, quand nous voyons souffrir notre semblable! Mais, chez quelques-uns, ce n'est que par un retour involontaire sur eux-mêmes ; l'aspect du malheur leur rappelle qu'ils y sont exposés : chez d'autres, l'amour-propre fait tous les frais de cette sensibilité d'emprunt.

fâmes, plus déshonorantes pour
l'être dégradé qui les fait, qu'ou-
trageantes pour l'infortunée qui les
entend : mais, cette fois, le vice
opulent ne triompha pas de la vertu malheureuse.

J'avais appris ces détails de quelqu'un de ma connaissance, qui habitait aussi à l'image Saint-Pierre.
L'horreur avec laquelle Zorada avait
rejeté l'or proposé pour prix de son
déshonneur, fit que je me décidai
aussitôt à me rendre chez elle pour
lui porter au moins des paroles de
consolation.

Je courus donc à l'image Saint-
Pierre, méditant sur les moyens
que je devais employer pour retirer Zorada des bords de l'abîme.

En arrivant, je demandai à lui
parler. La maîtresse de l'hôtellerie
me reçut avec un ris perfide.—Allez

me dit-elle , vous ne serez pas plus
heureux que les autres. Quand on
est assez sotte pour fermer la porte
aux jeunes élégants , on n'est pas
assez bête pour écouter un vieillard. On ne quitte pas les fleurs
pour la neige..... En prononçant
ces derniers mots , elle regardait
ironiquement mes cheveux blancs.
Je lui répondis d'un ton à la faire
rougir de son impudence , et j'insistai pour parler à la jeune étrangère. — Elle est sortie , me répli-
qua l'hôtesse. — Rentrera - t - elle
bientôt ? — Eh ! le sais - je , bon
dieu ! sait-on ce qu'on tient avec
une jeune fille qui , depuis son
malheur , daigne à peine parler
aux gens ?

— Est - elle sortie depuis long-
temps ? — Depuis deux heures.
Elle est descendue ici toute éper-

due ; elle m'a laissé cette paire de
boucles d'oreilles, et cette bague que
vous voyez , en me priant de les ven-
dre pour me payer de ce qu'elle me
doit. Je me trouve heureuse, m'a-t-
elle dit, que ces objets aient échap-
pé aux recherches des brigands ; je
n'aurai pas du moins la douleur
de vous causer aucun dommage.
Si vous êtes à plaindre , lui ai - je
repliqué , ma foi vous le voulez
bien. Le croiriez-vous , monsieur ?
La petite sotte m'a regardé avec un
air..... oh! un air.... en vérité cela
fait pitié. Ensuite elle est sortie en
soupirant , levant les yeux au ciel,
et marmottant entre ses dents :
cette insulte sera la dernière ! —
Et vous l'avez laissée sortir , m'é-
criai-je à l'instant ? Et vous n'avez
pas craint de causer sa perte......
Peut-être en ce moment le désespoir

poir.... —Bah ! le désespoir ! on ne se pend pas pour ces choses-là.

Je vous répète fidellement, madame, la conversation qui eut lieu entre l'hôtesse et moi. Vous devez juger de quelles terreurs je me sentis frapper. Je sortis l'ame navrée, regrettant de n'être pas arrivé plutôt, et me promettant bien de revenir sous très-peu d'instans.

Je me rendis machinalement sur les quais, et je suivis le cours de la Loire. La nuit qui couvrait déjà l'horizon, semblait étendre aussi ses voiles sur mon imagination ; je sentais s'accroître mon inquiétude, je m'abandonnais aux idées les plus sinistres, et j'avançais triste et rêveur. J'avais dépassé de quelques pas les dernières maisons qui bordent la Loire, quand j'aper-

C

çus, à la faveur des rayons de la lune, une femme vêtue de blanc qui hâtait sa marche vers la rivière. Un secret pressentiment qu'elle courait peut-être se jeter dans les flots, me rendit toute l'agilité, toute la vigueur de la jeunesse : j'atteignis cette femme désespérée au moment même qu'elle allait se précipiter, en s'écriant : *oh ! mon dieu, prenez pitié de moi.* — Elle tomba sans connaissance dans mes bras.

Je la portai à la maison la plus voisine, d'où j'envoyai chercher une voiture. Elle était toujours évanouie ; on ne pouvait s'apercevoir qu'elle vivait encore, que par les profonds soupirs qui lui échappaient à de longs intervalles.

La voiture arrivait, quand elle reprit un peu ses esprits : ses regards se portèrent sur ceux qui l'entouraient, elle sembla chercher à se rappeler par quel événement elle se trouvait au milieu de plusieurs personnes qui lui étaient toutes inconnues. Enfin ses idées parurent se fixer.... Les barbares ! s'écria-t-elle douloureusement, ils n'ont pas même voulu me laisser mourir !

Alors je m'approchai d'elle, tâchant, par mes discours, de la ramener à des sentimens plus calmes. Elle m'écoutait d'un air égaré : elle m'entendait à peine. Je l'engageai à s'abandonner à mes soins, et à me permettre de la reconduire à sa maison que je la priais de m'indiquer. — Ma maison !..... je n'en ai plus.... Il n'est plus d'asyle sur la terre pour Zorada !

Le nom de *Zorada* fut un trait

de lumière pour moi. C'était la personne que mon ami m'avait nommée, la même que je venais de demander à l'Image St. Pierre. J'admirai intérieurement les moyens que la Providence emploie quelquefois pour nous conduire à ses fins, et je me félicitai de l'heureux hasard qui m'avait amené au bord de la Loire, au moment même où cette jeune victime du désespoir courait y chercher la mort.

Je pris aussi-tôt mon parti, et m'adressant à Zorada : « Je connais, lui dis-je, vos malheurs ; je m'étais même, il y a peu d'instans, rendu à votre hôtel, pour vous offrir les consolations et les faibles services d'un vieillard..... (*Elle tressaillit, en me fixant avec inquiétude.*)..... à qui ses propres chagrins ont appris à compatir à

ceux des autres. (*Elle sembla m'é-
couter avec plus de confiance.*) Je
sais à quelles propositions humilian-
tes vos revers vous ont exposée ;
j'ai vu la femme chez qui vous de-
meuriez..... (*Elle rougit et sou-
pira.*) Votre conduite dans ces
circonstances difficiles m'a inspiré
autant d'estime pour vous, que
d'horreur et de mépris pour les
monstres qui ont osé.... Mais éloignons ces tristes images.... Femme
intéressante, sachez que l'honneur,
la vertu, la nature, vous comman-
dent de ne pas céder au désespoir : quelque à plaindre que nous
soyons, nous devons vivre non pas
autant qu'il nous convient , mais
aussi long-temps que le veut l'Être
suprême. (*Quelques larmes cou-
lèrent de ses yeux.*) Cédez à mes
prières , n'affligez pas un vieillard

qui vous a sauvé la vie : chassez les sombres pensées qui vous occupent, et laissez-vous guider par mes conseils ; ils n'ont jamais été funestes aux malheureux. »

Pendant que je parlais, j'entendis la femme chez qui cette scène se passait, dire bas à Zorada : *Allez, ma jeune dame, c'est un digne homme, c'est le curé de St. Sever ;* et Zorada parut se calmer. Ce peu de mots eurent plus d'effet que n'en auraient eu tous mes discours. Elle se leva. — Eh bien, je m'abandonne à vos conseils. Je vivrai, puisque je dois encore souffrir. Mais, ajouta-t-elle, avec inquiétude, rentrerai-je dans cette funeste maison ?.... —Ne craignez rien, lui dis-je, je ne vous exposerai pas à de nouvelles humiliations.

En proférant ces derniers mots ,
je la fis monter dans la voiture , et
je réfléchis quelques instans à ce
que je devais faire. Je ne pouvais
conduire Zorada chez moi , car je
savais que mon âge ne me mettrait
pas à l'abri des traits empoisonnés
de la calomnie. Je me souvins alors
de madame votre cousine : comp-
tant sur sa bienfaisance , comme
j'aurais compté sur la vôtre , je
donnai l'ordre au cocher de nous
conduire à l'isle Feydeau.

En arrivant à la porte de madame
B.... je descendis le premier ; Zorada promit de m'attendre dans la
voiture. Je montai pour prévenir
votre cousine du motif de ma
visite, et je lui racontai en peu de
mots l'aventure dont je venais d'ê-
tre témoin. Madame B...., accepta
sans balancer l'offre que je lui

fis d'accueillir chez elle Zorada:
je fus la chercher, et je la laissai
dans les bras de votre respectable
parente, en leur promettant de revenir les voir le lendemain, et d'aviser aux moyens de trouver un
remède à tant de maux.

Vous prévoyez déjà, madame,
ce que j'ai maintenant à vous demander. Votre cousine n'est pas
riche; d'ailleurs la beauté de Zorada serait pour nous un sujet continuel de crainte dans une ville
aussi grande que Nantes, où son
nom, ses malheurs et ses charmes,
n'ont déjà que trop occupé le public : le plus léger incident pourrait
détruire tout mon ouvrage, réveiller son désespoir et causer les plus
grands malheurs. Je ne vois de
calme véritable à espérer pour elle
qu'au milieu de la campagne, au-

près d'une femme remplie d'humanité , qui sache joindre aux motifs de consolation puisés dans la
morale , ceux toujours plus effi-
caces que suggère aux êtres bien-
faisans un cœur sensible et com-
patissant.

Ai-je trop présumé de mon pouvoir sur l'esprit de Madame de
Ch....x ?... Ma simple recomman-
dation, suffira-t-elle pour assurer
à Zorada, un asyle auprès de vous?
Je lui en aurais cherché un autre,
si j'avais cru pouvoir trouver ailleurs plus de bienfaisance et de
vertu.

J'ai l'honneur d'être , etc.

M......

Curé de St.-Séver.

LETTRE II.

Le curé de St.-Séver à Madame
de Ch...x

Nantes, le 3 Mai 1793.

MADAME, ce matin, je me suis rendu à l'Image St. Pierre : j'ai fait connaître à la femme qui tient cette maison, à quelles extrémités son inhumanité et son immoralité avaient réduit Zorada. Ses répon-

ses n'ont pas été plus mesurées
que sa réception de la veille.
Le monstre m'a félicité sur ce
qu'elle appelait *ma réussite!* Je
n'ai rien répondu. Qu'aurais-je pu
dire pour être entendu?... Il existe
des cœurs étrangers à tout sentiment du bien!.... j'ai payé ce que
Zorada devait à cette misérable;
j'ai retiré les boucles d'oreilles, la
bague, et je suis sorti en laissant
tomber sur l'infâme hôtesse tous
les regards du mépris.

J'ai vu ensuite Zorada; je l'ai
trouvée plus calme: le désespoir a
fait place aux sentimens de la ré-
signation. Les discours et les caresses de votre estimable parente
ont sans doute contribué pour
beaucoup à cet heureux changement. Zorada m'a paru très-sensi-
ble au peu que j'avais fait pour

elle, en retirant ses effets, et cela
moins pour le prix qu'ils ont à ses
yeux, que pour le sentiment qui
m'avait inspiré.

J'ai dit à votre cousine que je
vous avais écrit; elle m'a approuvé:
nous attendons tous votre réponse
avec la plus vive impatience : je
la devine déjà, si vous n'avez
écouté que votre cœur.

J'ai l'honneur d'être, etc.

M......

Curé de St. Séver.

LETTRE III.

Madame de Ch...x au Curé de Saint-Séver.

St. B...y, le 3 Mai 1793.

Mon cher pasteur, je ne laisserai point imparfait l'ouvrage que vous avez si bien commencé. J'invite l'intéressante et malheureuse Zorada à venir partager ma solitude : elle trouvera ici des soins, des attentions et des consolations qui partiront du cœur : il ne tiendra

pas à moi qu'elle n'y trouve aussi
l'amitié la plus tendre...... Mais
quelles raisons assez puissantes ont
pu la forcer de s'expatrier?.. Voilà
sur quoi je désirerais obtenir de
vous quelques éclaircissemens : cependant je n'exige rien, je m'en
rapporte en tout à votre prudence.

Le récit que vous m'avez fait des
malheurs de Zorada, m'a vivement
émue : j'ai frémi de son désespoir,
ses pleurs ont fait couler les miens;
mais, mon respectable ami, vos
souffrances personnelles m'ont tou-
chée plus vivement encore. Les
premières lignes de votre lettre me
font craindre pour vous le décou-
ragement... Dans les temps où nous
vivons, il faut savoir souffrir et se
taire. Vous, moi, et cent mille
autres, nous devrions prendre pour

modèle le Sage de Sénèque.... (1)
Vous riez de m'entendre citer ce
vieux Sénèque ? Riez, mon cher
pasteur, riez bien fort..... mais tâ-
chez d'avoir la constance de mon
héros. Je ne demande pas une res-

---

(1) « Le sage est celui qui trouve en lui-
» même ses trésors ; qui, fier et magnanime,
» foule aux pieds ce qu'on admire ; qui ne
» voit personne contre qui il voulût se chan-
» ger ; qui ne juge l'homme que par les qua-
» lités qui font l'homme ; qui prend pour
» guide la nature, suit ses loix, obéit à ses
» leçons, ne laisse point ravir son bonheur,
» *et sait convertir le mal en bien.* Ferme
» dans ses principes, intrépide, inébran-
» lable : la violence peut l'émouvoir, mais
» non pas le renverser ».

Cette note est de la main de madame de
Ch....x. Que je plaindrais celui qui n'y
verrait qu'un vain étalage d'érudition. Jamais femme n'eût moins qu'elle de prétention
au bel esprit.

semblance parfaite : je vous invite
même à conserver bien précieuse-
ment un trait qu'il n'a pas , et qui
fait de vous le meilleur et le plus
digne de tous les hommes : je veux
parler de cette sensibilité qui vous
honore à mes yeux , et que je regarde comme la première source de
tout ce qu'il y a de bon et de juste
sur la terre. J'attends Zorada , et
j'embrasse ma cousine.

DE CH...X

LETTRE IV.

*Le Curé de St.-Séver à Madame
de Ch...x.*

Nantes, le 4 Mai 1793.

MADAME, l'intérêt que vous prenez, à Zorada, m'a comblé de
joie; c'est sur-tout depuis la lecture de votre lettre que je dois
m'applaudir de tout ce que j'ai
fait. C'était peu de l'avoir sauvée
du désespoir, il était aussi pressant de lui trouver un asyle propre
à lui faire mieux sentir le prix de

D

l'existence. Pouvais-je espérer plus
que je n'ai obtenu ? Quelle autre,
saurait aussi bien que madame de
Ch....x , calmer une ame ai-
grie par le malheur, rappeler une
jeune femme au sentiment de ses
devoirs, écarter d'elle de fâcheux
souvenirs, lui rendre son état pré-
sent supportable , et lui montrer
dans l'avenir la possibilité du bonheur ?

J'ai fait part de votre lettre à
madame B..... et à Zorada : mais
j'ai cru devoir cacher, pour le moment, à celle-ci le désir que vous
me témoignez de connaître les raisons qui l'ont forcée de s'expatrier.
J'aurais touché une corde trop délicate : d'ailleurs, ce soin devenait
inutile, puisque, dans le peu d'instans que j'avais passés auprès d'elle,
hier , elle m'avait déjà fait ses tris-

tes confidences. Elle a eu des torts, des torts bien graves sans doute, mais que sa jeunesse et son inexpérience rendent peut-être plus dignes de pitié que de blâme : quand vous les connaîtrez, vous n'en porterez sûrement pas un autre jugement.

J'aimerais à vous satisfaire, madame, mais puisque vous voulez bien ne pas exiger, permettez-moi de ne pas ôter à l'infortune le plus grand de ses avantages, celui de raconter elle-même ses douleurs. Quelque fidélité que je misse dans mon récit, l'intérêt n'y serait plus : il faut entendre cette voix touchante, lire dans ces yeux noyés de larmes, saisir dans ces traits angéliques l'expression du sentiment et de la vérité !... Zorada n'aura pas besoin d'être sollicitée

pour vous faire ses pénibles aveux :
elle a même voulu, depuis qu'elle
connaît vos dispositions à son égard,
me charger de ce soin ; mais je m'y
suis refusé, par la seule raison que
je viens de vous exposer.

Elle part aujourd'hui. Baptiste
la conduira dans la voiture de M.
N..... Mon âge, et la confiance
que vous m'accordez, me permet-
traient de vous tracer, en cette
occasion, quelques règles de conduite, si je ne savais pas que votre
cœur vous conseillera mieux encore que mon expérience ne pourrait le faire.

Mille remerciemens de tout ce
que vous me dites d'obligeant pour
moi dans votre aimable lettre :
mais le modèle que vous m'offrez
est trop au-dessus de ce que peut

la faible humanité : c'est un beau
idéal auquel il ne nous est peut-
être pas permis d'atteindre. Rien
de plus aisé, madame, que de tracer le portrait d'un sage tel que
celui de Sénèque ; et rien de plus
rare que la sagesse. J'admire les
écrits du précepteur de Néron ;
mais je n'ai point oublié que ce philosophe austère, qui donnait à ses
contemporains de si belles leçons
de constance et de vertu, vécut
comblé d'honneurs et de plaisirs à
la cour d'un tyran dont il avait
formé la jeunesse, et quelquefois
approuvé les crimes ; que ce sage
par excellence, époux et père,
porta les fers de Julie ; et que les
roses de la volupté ne lui furent pas
moins chères qu'à l'infâme Nar-
cisse. J'aime les philosophes, mais
je fuis les charlatans.

Ne parlons plus de Senèque, et revenons à nos amis.

Madame B.... qui se sépare à regret de notre Zorada, vous embrasse mille fois. Rendez toutes ces caresses à l'infortunée, et comptez sur la reconnaissance éternelle de votre, etc.

M.... *Curé de St. Sever.*

LETTRE V.

Madame de Ch....x au Curé de Saint-Séver.

A St.B...y , le 8 Mai 1793.

ZORADA est arrivée depuis trois jours à Saint - B...y. Mon cher pasteur , laissez-moi d'abord vous remercier d'avoir songé à moi , lorsqu'il s'agissait de venir au se- cours du malheur. Vous m'avez bien jugée , je vous en sais gré , et je justifierai votre choix. Combien je m'estimerais heureuse de pou- voir rendre cette intéressante créa-

ture, sinon au bonheur, du moins
à un état plus tranquille ; mais je
crains de ne pas y réussir. Ses
yeux languissans, l'altération de
ses traits, les profonds soupirs qui
lui échappent fréquemment, n'an-
noncent que trop le chagrin qui
pèse sur son ame : sa douleur n'est
pas, je crois, de nature à se calmer facilement, peut-être même
ne céderait-elle pas à tous les soins
de l'amitié : comment donc espé-
rerais-je d'y parvenir, moi dans
qui Zorada ne peut encore voir
qu'une étrangère ?

Je désire lui inspirer bientôt assez
de confiance pour qu'elle ne me ca-
che rien de ce qui la concerne :
ses confidences m'offriront sans
doute des moyens de consolation
pour elle, et de satisfaction pour
moi.

moi. Mais, comme je le disais tout-
à-l'heure à la bonne Émilie. J.....t
qui est avec nous depuis deux jours,
et qui déjà voudrait connaître et partager les peines secrètes de Zorada,
il faut respecter sa douleur et attendre tout du temps : le cœur du malheureux est un asyle sacré où l'on
ne doit pas pénétrer avec violence.
J'aime mieux avoir à me plaindre
intérieurement du silence de Zorada, qu'à m'accuser d'un em-
pressement, dont elle pourrait
mal apprécier le véritable motif,
et qu'elle n'attribuerait peut-être
qu'aux mouvemens d'une stérile
curiosité.

En attendant, mon cher pasteur, j'ai cru devoir entourer l'infortunée de tout ce qui m'a paru
propre à dissiper, ou au moins
diminuer sa sombre mélancolie.

E

Avant son arrivée, je m'étais déjà préparée à la recevoir. J'avais fait garnir de fleurs mon appartement et le sien : vous prendriez maintenant ma maison pour un véritable parterre. J'ai souvent éprouvé que l'odeur suave, les couleurs vives et variées des fleurs, peuvent non-seulement flatter les sens, mais aussi calmer les souffrances de l'ame.

J'ai fait plus. Le croirez-vous ? à cinquante ans, je me suis remise à mon piano abandonné depuis si long-temps. Je m'essaie, plusieurs fois le jour, à répéter les airs qui me plaisaient dans mon jeune âge. Émilie rit de ma musique (1); mais

_____

(1) Si je riais, c'était de plaisir ! Il fallait avoir le cœur de Mde. de Ch...x pour imaginer tous les moyens qu'elle employait pour adoucir l'état de Zorada.

Zorada me paraît extrêmement sensible aux efforts que je fais pour la distraire.

A mon invitation, nos deux voisines viennent passer presque tous les jours au château ; leurs jolis enfans ne manquent jamais de les accompagner. Ces innocentes petites créatures, à qui nous avons bien fait la leçon, prodiguent sans importunité leurs caresses ingénues à Zorada : deux fois je l'ai vu sourire en les embrassant.

L'appartement de Zorada est au second, dans cette partie du pavillon, d'où vous savez que l'on découvre le jardin et ce beau tapis de gazon qui règne au milieu de la grande avenue. Des arbres déjà parés de leurs feuilles, une campagne riante et fertile, un ciel de

printemps, voilà sur quels tableaux
se reposeront les yeux de Zorada.
Pourrait-elle être assez à plaindre,
pour se trouver insensible au spectacle de la nature ?

Je lui ai composé une petite
bibliothèque ; mais j'ai soigneu-
sement éloigné tous ces nouveaux
romans, qui semblent inspirés par
les mauvais génies, et destinés aux
habitans de l'autre monde ; je n'ai
pas voulu mettre les diables et
les revenans si près de ma jeune
amie : j'ai proscrit également nos
drames et même nos tragédies. Je
n'ai pas dû lui offrir d'autres lec-
tures que celles qui pouvaient la
consoler ou lui rendre un peu de
courage.

Je croyais tout arrangé pour
le mieux ; cependant, mon cher
pasteur, ce que j'avais fait, n'aurait

jamais pu produire autant de bien,
que ce que j'avais oublié pouvait oc-
casionner de mal. Je ne pensais plus
à ce petit bassin que vous connais-
sez, où je voyais se multiplier les
jolis poissons dorés que vous m'en-
voyâtes l'été dernier. Vous savez
qu'il se trouve directement sous les
fenêtres de l'appartement où j'ai
placé Zorada. La première fois que
nous y sommes entrés, aussi-tôt elle
a jeté les yeux sur le malheureux
bassin : à l'aspect de l'eau, je l'ai
vu pâlir et frissonner. J'ai deviné
ce qui se passait dans son ame ; je
l'ai emmenée sans avoir eu l'air de
remarquer son trouble ; mais, pendant la nuit, j'ai mis tous mes gens
et ceux de nos amis, à l'œuvre. Le
bassin a été comblé ; c'est maintenant une grande corbeille de gazon, de violettes et de primevères.

Le lendemain matin , ce changement a frappé Zorada..... En nous
promenant, elle m'a montré la place
que le bassin occupait, ensuite elle
a laissé tomber quelques larmes ,
ma pris tendrement la main, et l'a
portée à ses lèvres. Ses pleurs qui
n'avaient rien d'amer , ses regards
et son éloquent silence m'ont déjà
trop payée du peu que je fais pour
elle...... O mon ami ! la bienfaisance est trop facile, elle offre trop
de jouissances à celui qui l'exerce,
pour être une vertu : ce n'est qu'un
besoin pour des cœurs comme les
nôtres !

CH...x.

LETTRE VI.

Zorada, au curé de St. Séver.

St. B....y, 10 mai 1793.

C'ETAIT donc trop peu pour vous, monsieur, d'avoir sauvé mes jours; vous me ménagiez un bienfait encore plus grand! Dans ma cruelle situation, une amie sensible et vertueuse devenait pour moi un bien beaucoup plus précieux que l'existence ; et vous m'avez fait connaître madame de Ch.......x !

vous avez voulu qu'elle devînt mon amie, mon soutien, ma consolation ! du moins son affabilité, sa douceur angélique, la bonté qui préside à ses actions et à ses discours, ont fait naître dans mon ame cette idée consolante. Je m'y attache avec ardeur, je veux me pénétrer d'un si doux espoir....... Mais combien je crains que ce ne soit qu'une vaine illusion !.... En effet, suis-je encore digne de quelque estime et d'un peu d'amitié ? Ne suis-je pas au contraire destinée à n'inspirer désormais que de la commisération ? Quel autre sentiment attendrais-je de madame de Ch....x, quand elle connaîtra la véritable cause de mes plus grands malheurs ? Tant de vertus d'un côté, et tant de faiblesse de l'autre !..... Une femme opulente,

douée d'un esprit cultivé, d'une ame
grande et forte, et une pauvre fille
devenue le jouet et la victime de
ses passions !...... Ah ! monsieur,
quand j'y réfléchis, je sens combien
une pareille liaison est difficile !
Que sera-ce donc quand madame
de Ch....x saura.......? Elle n'aura
peut - être pas votre indulgence.
Cependant quelles qu'en soient les
suites pour moi, dussé-je me priver
à jamais de cette amitié si désirée,
m'exposer même au mépris, je lui
ferai connaître la vérité : jusque-là
je regarderai ses caresses et l'af-
fection qu'elle me témoigne, comme surprises à la bonté naturelle
de son cœur ; je rougirai de ses
bienfaits, aussi long-temps que je
pourrai me dire intérieurement :
tu ne les dois peut-être qu'à l'erreur !
Déjà plusieurs fois j'aurais voulu

me jeter à ses pieds , épancher
mon ame dans la sienne ; mais
l'ascendant de sa vertu m'en im-
pose. Je voudrais parler , et je ne
trouve que des larmes ! Je saurai
vaincre enfin cette timidité , ou je
profiterai des moyens que ma respectable protectrice semble m'offrir
d'elle-même. J'ai dans ma chambre
de l'encre et des plumes , je con-
fierai au papier ce que ma bouche
n'osera proférer. Quel embarras,
quelle confusion , vous m'eussiez
épargnés , monsieur , si vous aviez
cédé à mes prières , et daigné ins-
truire vous - même madame de
Ch....x ! Mais , sans doute , vous
avez cru plus juste de faire supporter la honte à la coupable. Ah !
je suis forcée de trouver cette punition encore trop douce.

Je voudrais , monsieur , vous

exprimer ici toute ma reconnaissance ! il me suffirait pour cela de
vous raconter ce que madame de
Ch....x, a déjà fait pour moi, puisque c'est à vous d'abord que j'en
suis redevable. Réunissez ensemble
tout ce qu'une amitié tendre, vive,
inquiète, peut inspirer de soins,
de prévenances et d'attentions, et
vous n'aurez qu'une faible idée des
procédés de madame de Ch....x, à
mon égard. Qu'il est pénible de ne
pas se sentir digne d'une pareille
amie ! -

Je vous prie, monsieur, de remercier de ma part madame de B..
veuillez bien aussi lui remettre de
ma part cette bague : elle n'a d'autre valeur que le prix qu'elle vou-
dra bien y attacher. Dites-lui bien
sur-tout qu'un refus m'humilierait
et déchirerait mon cœur. Zorada se

voit désormais condamnée à recevoir ; c'est la dernière fois qu'il lui
sera permis d'offrir ! Quant à vous,
monsieur, que pourrais - je faire
ou dire qui m'acquittât dignement? Je n'ai que mon cœur ! vous
le partagerez avec madame de
Ch...x : que ne pouvez-vous l'un et
l'autre l'occuper tout entier, et en
chasser tout autre souvenir que
celui de vos bienfaits !

J'ai l'honneur d'être , etc.

ZORADA.

LETTRE VII.

Madame de Ch....x au Curé de Saint-Séver.

A St.B...y, le 11 Mai 1793.

NOTRE Zorada vous a écrit avant-hier, mon cher pasteur ; vous pour-rez mieux juger de son état pré-sent par sa lettre, que par tous les détails que je vous donnerais. Le ton qu'elle a pris auprès de moi me plaît infiniment ; elle tient le juste milieu entre la fatigante hu-milité de celui qui reçoit, et l'or-gueil déplacé du malheureux qui

ne se sent pas né pour recevoir.
Elle me parle souvent de sa reconnaissance ; mais elle s'exprime avec
autant de dignité que de sentiment,
et je l'en aime davantage. Une
seule chose m'afflige : c'est quand
elle s'interrompt, comme il n'ar-
rive que trop souvent, pour me
dire que je ne sais pas tout, et que
je rougirai peut-être un jour de
toutes mes bontés. En vérité, je
ne croirai jamais qu'une figure
aussi décente puisse cacher une
ame criminelle. Voilà bien comme
sont tous les bons cœurs ! ont-ils
quelques torts à se reprocher ? ils
se croient des monstres : ils ne sau-
raient trouver de juge aussi sévère que leur conscience.

J'ai vu souvent Zorada pressée
du besoin de m'ouvrir son cœur ;
mais en vain j'ai mis dans mes re-

gards et dans mes discours tout ce
que j'ai cru capable de la rassurer
et de l'encourager , elle ne peut
surmonter son embarras et sa timidité. Que ne sent-elle combien je
l'aime et combien l'amitié me rend
indulgente! elle s'épargnerait bientôt un trouble et des tourmens dont
je souffre moi-même presqu'autant
qu'elle.

Je ne doute pas cependant que
je ne finisse par obtenir sa confiance : alors j'agirai de manière à
ce qu'elle se repente de n'avoir pas
mieux connu son amie.

CH....X.

LETTRE VIII.

Le curé de St.-Séver à Madame
de Ch...x

Nantes, le 13 Mai 1793.

MADAME,

ME voilà tranquille sur le sort de Zorada. J'ai lu votre lettre et la sienne. Tout est bien, mon cœur est satisfait ; les deux vôtres le seront bientôt. Ce n'est pas la confiance qui manque à Zorada, elle n'est retenue que par la timidité :

mais vous lui avez, sans le savoir, préparé des moyens qui concilieront ses devoirs et ses craintes ; peut-être même, en ce moment, êtes-vous déjà dépositaire de tous ses secrets.... De l'indulgence ! de l'indulgence !... un mot, un geste, un regard de sévérité, porteraient le trouble et la douleur dans l'ame de l'infortunée.

Vous vous étonnerez sans doute de m'entendre réclamer de l'indulgence, auprès de vous, madame, que l'on prierait en vain d'être sévère : mais, cette pauvre Zorada ! je la regarde comme mon enfant, et j'ai toutes les inquiétudes d'un père !

Nous sommes ici dans la consternation : des bruits sinistres se répandent : on prétend que les Vendéens s'avancent vers la Loire : l'arrivée d'un grand nombre de

troupes dans nos murs , ne peut
que redoubler nos craintes. Reste-
rez-vous à St.-B...y ? Vous réfugie-
rez-vous à Nantes ? Cruelle alter-
native ! Je n'ose vous donner des
conseils : je ne vois pas encore
quel sera l'abri le plus sûr contre
l'orage qui nous menace.... Dieu
puissant ! veille sur le malheur
et sur la vertu !

J'attends de vos nouvelles , madame ; écrivez-moi, je vous en con-
jure , vos lettres dissiperont peut-
être des craintes que je voudrais
croire mal fondées.

M.... *Curé de St. Séver.*

LETTRE IX.

Madame de Ch...x au Curé de Saint-Séver.

St. B...y , le 14 Mai 1793.

MON CHER PASTEUR,

JE lisais encore votre lettre d'hier, quand Zorada est entrée dans mon cabinet. Elle m'a paru agitée, ses yeux annonçaient qu'elle avait pleuré : elle tenait à la main un rouleau de papiers. J'allais lui demander le sujet de son trouble : je

n'en ai pas eu le tems. Elle s'est jetée
toute en larmes à mes pieds , en me
présentant ses papiers. Je m'em-
pressais de la relever.... Non , non
m'a-t-elle dit , cette position est la
seule qui convienne à Zorada. J'aurais voulu ne pas accepter vos bienfaits avant de m'être fait connaître ,
mais on exigea que je me ren-
disse d'abord auprès de vous. Ces
papiers a-t-elle ajouté , renferment
des aveux que je n'ai pas jusqu'ici, osé vous faire de vive voix...
J'aurais voulu... mais... la honte...
le repentir... —Je l'ai interrompue
en la priant de s'asseoir à mes côtés. Je lui ai reproché , avec la plus
grande douceur de s'être défiée du
cœur de sa meilleure amie. J'ignore lui ai-je dit , ce que ces papiers
renferment ; mais apprenez , ma
chère Zorada , que nulle femme ne

sent mieux que moi combien il est
doux de compâtir au malheur, et
juste de pardonner à la faiblesse....
Remettons à un autre temps cette
lecture ; éloignons, pour le moment,
de tristes souvenirs. Laissez - moi
seulement vous répéter que vous
ne perdrez jamais ni ma tendresse,
ni mon estime ; ces deux sentimens
pour vous, sont aussi nécessaires à
mon bonheur qu'au vôtre....

Je n'ai pas encore lu ces papiers
auxquels l'infortunée semble attacher tant d'importance. Je vous
ferai connaître, au premier jour,
l'effet qu'ils auront produit sur mes
sentimens et sur mes idées. Je doute
qu'ils puissent rien changer aux dispositions que je me sens à chérir de
plus en plus celle que vous nommez
votre enfant, et que je désire pouvoir
regarder bientôt comme la mienne.

Je ne partage point, mon vertueux ami, vos terreurs au sujet
des Vendéens : nous n'entendons
parler de rien, et nous vivons ici
fort tranquilles, tandis qu'à Nantes,
au contraire, vous semblez tous
n'exister que par le sentiment de
la peur (1).

Je vous quitte ; je veux prendre
lecture du cahier de Zorada.

Сн...x

---

(1) Mon amie était dans l'erreur : elle
dormait sur un volcan. Elle m'a dit depuis,
que trois jours après qu'elle eût écrit cette
lettre, les rebelles parurent à l'improviste ;
ils se répandirent comme un torrent, en-
vahirent tout le pays, et quand madame de
Ch...x put songer à chercher un abri, il
n'était déjà plus temps. Funeste sécurité !
Tu as perdu Zorada, et répandu l'amertume sur les derniers jours de mon amie !

LETTRE X.

Zorada au Curé de St.-Séver.

St. B...y , le 14 Mai 1793.

Ma tête est plus tranquille , et mon cœur ne gémit plus sous le fardeau qui l'accablait. Quelle femme que madame de Ch...x ! C'est un ange, une divinité, une source inépuisable de bienfaisance et de douceur ! Elle connaît toutes mes fautes cependant elle ne se montre pas moins sensible à mes malheurs. La coupable Zorada n'a pas eu besoin

de courir au-devant du pardon ;
son juge est son consolateur, il
veut même imposer silence à la voix
du repentir...... Comment vous
peindre tout ce que j'éprouve ? où
trouverais-je des expressions pour
parler dignement de madame de
Ch....x ? O mon bienfaiteur ! La
vie que vous m'avez conservée, devait donc avoir encore pour moi
des charmes !... Je ne puis pas me
dire heureuse : pour l'être, il fau-
drait oublier .... mais je puis du
moins supporter l'existence.... c'est
votre ouvrage et celui de Mde. de
Ch...x.

Elle vous écrit en ce moment.
Adieu, mon bienfaiteur, adieu.
Soyez heureux de tout le bien que
vous m'avez fait !

ZORADA.

LETTRE

LETTRE XI.

Madame de Ch...x au Curé de Saint-Séver.

St. B...y, le 18 Mai 1793.

J E l'ai parcouru cet écrit intéres-
sant ! En vérité, mon cher pasteur,
si je ne connaissais pas toute l'ingé-
nuité de Zorada, je serais tentée
de penser qu'elle a voulu dé-
ployer tous ses petits talens,
pour faire naître dans mon ame les
impressions les plus durables. Est-ce
l'amitié que j'ai vouée pour la vie
à cette aimable enfant, qui me fait

G

prêter à son style des charmes si
puissans (1)? ou plutôt me suis-je
laissé séduire par la peinture atta-
chante d'une passion vive et malheureuse? Je ne sais ; mais j'ai peine
à quitter ces pages mélancoliques:
je les ai lues vingt fois, je les reli-
rai encore avec le même attendrisse-
ment. Zorada m'y montre, il est vrai,
toute sa faiblesse ; cependant combien je plaindrais la femme assez
dépourvue de sensibilité pour ne pas
sentir, en les lisant, le reproche ex-
pirer sur ses lèvres ; que dis-je? pour
ne pas aimer une jeune fille, dont
les fautes et les malheurs qui en ont
été la suite, ne sont provenus que
d'une ame trop tendre! A mon âge
on se croit au port, on brave les

_____

(1) Comme les bons cœurs se livrent
facilement à l'enthousiasme!

orages des passions ; mais ce n'est pas moi qui, tranquillement assise sur le rivage, pourrais suivre d'un œil indifférent, l'infortunée qui lutte encore contre les tempêtes. Non, mon respectable ami, je n'aurai jamais cette fausse philosophie qui, servant de masque à notre insensibilité, nous roidit contre l'adversité des autres, et nous abandonne toujours dans nos propres malheurs. Intéressante Zorada! tes larmes ne sont pas tombées sur le marbre, elles ont coulé sur mon cœur: je veux les recueillir, les essuyer, ou les confondre avec les miennes!

N'est-il donc plus d'espoir? ne peut-on découvrir ce qu'est devenu ce James si tendrement, si constamment aimé? Fasse le ciel qu'il ne soit pas du nombre de ces hommes si communs de nos jours, de ces barbares, étrangers aux plus doux sentimens de la nature, qui se rient des larmes et des tourmens d'une fille sensible, et qui ne voient qu'un triomphe de plus dans le désespoir et la perte de leur victime! Je veux que nous fassions toutes les recherches possibles ; mais si nous n'allions trouver qu'un homme indigne de tant d'amour, nous cacherons à l'infortunée nos démarches et leur triste résultat.

Je parle de recherches à faire !... Eh, le puis-je, grand dieu! au milieu du trouble où me jette l'arrivée des rebelles?... Vos craintes me semblaient chimériques ! elles n'étaient que trop bien fondées. Je vous écris, et j'ignore même si cette lettre pourra vous parvenir. Les Vendéens inondent nos cam-

pagnes : cette terre jadis si riante ,
si paisible, est maintenant couverte
de leurs soldats ; la terreur et la
mort nous environnent. Je voulais
fuir : j'ai été menacée de voir in-
cendier et ravager mes propriétés.
Je reste : et bientôt peut-être un
farouche vainqueur viendra me
faire un crime d'avoir subi la loi
de la nécessité ! Quelle affreuse situation, mon respectable ami ! Je
désirerais que les premiers auteurs
de tant de crimes et de désastres
vissent l'état où ils nous ont
réduits. S'ils pénétraient la nuit
sous nos toits solitaires, s'ils enten-
daient nos gémissemens, s'ils nous
voyaient, pâles et tremblantes, attendre que le sort d'une bataille
ait décidé sous quel couteau nous
tomberons , ils verseraient eux-
mêmes des larmes de sang sur les

suites cruelles de leur affreux sys-
tême.

Zorada, si faible sous certains
rapports, a plus de courage que
moi contre les dangers qui nous
menacent: elle me console ; elle me
fortifie ; je me trouve trop heureuse
de l'avoir maintenant auprès de
moi.

Adieu, mon vertueux ami, adieu!
serai-je privée du plaisir de cor-
respondre avec vous ? combien de
temps tout ceci durera-t-il ? Je vous
fais passer, une copie du cahier de
Zorada. Adieu... Souvenez-vous de
votre enfant et de moi. Aimez-nous
et plaignez-nous.

De Ch.....x.

CAHIER DE ZORADA.

A Madame de Ch....x.

St. B...y, le 12 Mai 1793.

Je suis fille de monsieur de Mont-glave, et d'une négresse qui lui avait inspiré la passion la plus vive : ma mère périt en me donnant le jour. J'étais destinée, par ma naissance, à me trouver au nombre des esclaves de monsieur de Montglave, et je de-vais, suivant les lois qui régissent la colonie de Saint-Domingue, où

je suis née, subir le sort de ma
mère ; mais sa mémoire était trop
chère à monsieur de Montglave,
pour qu'il ne cherchât pas à dérober
sa fille au sort malheureux que des
lois injustes lui préparaient. Il
m'affranchit, et me donna l'habitation de Sainte-Hélène, la plus belle
et la plus riche partie de ses vastes
possessions. La mort m'enleva mon
père avant l'âge où j'aurais pu le
connaître. Une nièce de monsieur
Montglave , qui demeurait avec
nous, et qui m'avait vu naître, sut,
en recueillant l'héritage de son
oncle, respecter ses dernières volon-
tés : elle voulut même me tenir lieu
des parens que j'avais perdus ; elle
fut, en effet, pour moi une seconde
mère , elle en eut toute la tendresse
et m'en prodigua tous les soins. Je
lui dus l'éducation la mieux culti-

vée et la plus sagement dirigée.
J'atteignais ma douzième année
quand je perdis ma bienfaitrice.
Que n'a-t-elle vécu plus long-tems!
j'aurais conservé ma vertu ; je serais
aujourd'hui moins malheureuse.

Je me trouvai donc abandonnée
à moi - même , dans un temps où
j'avais encore besoin de quelqu'un
qui pût guider mes pas ; je demeu-
rai seule au monde avec mon innocence , trop faible appui contre
tous les genres de dangers et de
séductions auxquels mon âge et
mon inexpérience allaient m'exposer. Un peu de beauté, quelques
talens, fruits heureux de mon éducation , mes richesses sur - tout
inspirèrent à plusieurs colons de
Saint - Domingue le désir de me
plaire : malgré l'odieux préjugé
qui semblait me reprocher ma nais-

sance et ma couleur, je les vis bri-
guer à l'envi ma main, ou plutôt
ma fortune.

Dans nos climats brûlans le premier besoin d'une jeune fille est
celui d'aimer. Souvent nous sommes déjà livrées aux orages des
passions, dans un âge que l'on
regarde ici comme les dernières
années de l'enfance. J'avais reçu
de la nature des sens malheureuse-
ment trop faciles à émouvoir ; mais
je lui devais aussi une ame délicate
et sensible : je n'aurais jamais pu
consentir à recevoir pour époux un
homme qui n'eût pas su d'abord
toucher mon cœur.

Loin de trouver dans ceux qui
aspiraient à ma main, des hommes
que j'en crusse dignes, je ne voyais
en eux que des spéculateurs avides,
dont l'orgueil s'humiliait auprès

de moi , parce qu'ils croyaient
ne pouvoir obtenir autrement le
prix de leur amour , ou plutôt
l'objet de leur cupidité. Sans mes
richesses , me disais - je , tous ces
colons ne verraient en moi qu'une
vile esclave : si le sort m'avait
fait naître sur leurs habitations ,
ils exigeraient en maîtres ce qu'ils
sollicitent aujourd'hui en amans
humbles et soumis. Le spectacle de
leur barbarie envers leurs pauvres
noirs , frappait continuellement
mes regards, et justifiait à mes yeux
l'aversion que je me sentais pour
cette caste inhumaine. Si l'un d'eux
me parlait d'amour, je pensais aussitôt que cette voix, alors si radou-
cie, dans quelques instans peut-
être ordonnerait froidement le
supplice d'un malheureux nègre ,
sans autre motif qu'un vain capri-

ce , sans autre frein qu'une colère
aveugle. D'ailleurs, le souvenir de
ma mère me rappelait sans cesse
que ces noirs si cruellement traités
étaient originairement mes frères,
et je n'envisageais qu'avec horreur
l'idée d'épouser un de leurs bour-
reaux.

Un événement qui, à cette époque, eut lieu à Saint-Domingue,
ne fit qu'ajouter encore à mon an-
tipathie naturelle pour ces inhu-
mains colons.

Le jeune Leblanc était le seul
de mes amans à qui je crusse quelques vertus , celui que je voyais
avec le moins de répugnance. Sa
figure était noble et touchante, ses
actions semblaient partir d'un cœur
sensible, ses discours ne respiraient
que la bienveillance ; mais tous ces
dehors séduisans cachaient une

ame atroce. Il avait sur son habitation une jeune négresse appelée
Lily : cette esclave était belle, et,
ce que j'ignorais, Leblanc en était
amoureux. Il lui avait fait connaître ses sentimens ; mais *Lily* ne lui
avait point caché qu'elle aimait un
de ses compagnons d'esclavage et
d'infortune.

Leblanc, instruit qu'un de ses
noirs avait l'audace d'être son rival, et son rival heureux, se fit
amener le prétendu coupable. Il
lui reprocha, dans les termes les
plus outrageans, ce qu'il appelait
un crime affreux ; il s'oublia jusqu'à le frapper lui-même. Ce pauvre
noir ne répondait aux coups et aux
injures, que ces mots touchans :
*Maître à moi, moi pas cause
si Lily être jolie, et moi sensible!*
Après les traitemens les plus cruels,

Leblanc le renvoya, en lui défen-
dant de se retrouver avec Lily,
et le menaçant de tout le poids
de sa vengeance.

Il est dans le caractère de l'esclave,
et sur-tout du noir, d'oublier facilement le passé, de redouter peu
l'avenir ; l'amant de Lily perdit
bientôt de vue les menaces qu'on
venait de lui faire ; il revit sa fidelle maîtresse. Leblanc l'apprend
le fait arrêter, et le condamne
recevoir pendant huit jours deu
cents coups de fouet, chaque ma
tin. Le malheureux avait déjà su
deux fois la peine prononcée, quan
je fus instruite de cette barbari
Je cours aussitôt chez le féro
Leblanc, je sollicite la grâce d
jeune nègre, et je l'obtiens. C
pendant la rage du monstre n'éta
point assouvie : après mon dépar

il fit venir l'infortunée Lily , lui fit couper les narines (1) et la rendit en cet état affreux à son amant.

Le barbare Leblanc ne reparut plus chez moi ; tous les autres colons furent également éconduits de ma maison ; je préférai une vie solitaire à la société de ces êtres

---

(1) Ce trait de cruauté fait frémir ; mais il paraîtra bien faible , mis en parallèle avec toutes les barbaries dont , à la honte de l'espèce humaine , nos colonies ont offert de nombreux exemples. Je n'entreprendrai point ici de soulever le voile ensanglanté qui couvre tant de forfaits ; la brûlante éloquence de plusieurs. écrivains les a signalés à tout le genre humain , et ce n'est pas dans le temps où toutes les nations de l'Europe semblent revenir à des sentimens plus rapprochés de la nature et de la justice , que l'on doit réveiller de honteux souvenirs.

dégradés, si peu dignes du nom d'homme.

Une jeune fille de mon âge, avec laquelle j'avais été élevée, partageait ma solitude. Elle avait été d'abord destinée à être ma femme-de-chambre; mais, depuis la perte de mes parens, les habitudes de notre enfance, la sympathie de nos goûts et la bonté de son cœur, avaient établi entre elle et moi ces rapports intimes, cette confiance et cette tendresse mutuelles qui rapprochent ceux que la différence de rang et de fortune semblait devoir à jamais séparer. Je ne voyais plus en elle une femme attachée à mon service; je l'aimais et la traitai comme ma sœur, comme une ami d'autant plus chère qu'elle étai pour moi la seue au monde.

J'aimais Coraly; mais, je vous l'a

dit , Madame , j'avais reçu de
la nature le germe des passions les
plus violentes : l'innocente et paisible amitié ne pouvait seule occuper une ame ardente , destinée à
être en proie à tous les feux de l'a-
mour. La lecture de quelques romans m'avait inspiré des idées, des
goûts, des désirs encore sans objet,
mais qui me fatiguaient et me
tourmentaient : au milieu même
des plus doux épanchemens de l'a-
mitié , je croyais apercevoir un
vuide effrayant au fond de mon
cœur. Tout ce qui m'entourait
semblait se réunir pour assurer ma
félicité , et cependant, je vivais inquiète , agitée ; je sentais que je
n'étais pas heureuse. La paix et le
bonheur étaient à mes côtés, je
n'en voyais pas le prix , je sou-
pirais après des chimères.

H

Ces idées fantastiques, cette folle ardeur, des sens toujours émus et jamais satisfaits, altérèrent bientôt ma santé. Une mélancolie à laquelle je ne pouvais m'arracher m'accablait ; je périssais du feu qui me dévorait, comme à midi la rose se flétrit et se dessèche sous les rayons brûlans du soleil.

Les médecins que l'on me força de consulter, me conseillèrent l'exercice, la dissipation et tous ces lénitifs qui ne prouvent que trop l'impuissance de l'art sur les maladies de l'ame. Pour complaire à Coraly, il me fallut suivre leurs avis.

Tous les matins j'allais donc avec elle promener mes rêveries et ma tristesse dans les vastes plaines de cannes qui entouraient mon habitation. Combien de fois, assise auprès d'elle sur le gazon, j'a

goûté le plaisir mélancolique de
mêler mes pleurs aux gouttes de
rosée que je voyais briller parmi
l'herbe et les fleurs ! Coraly me
grondait de ma folie : puis nous
nous embrassions , en nous jurant
de nous aimer toujours. Souvent
aussi nous contemplions le réveil
de la nature ; nous admirions ensemble les arbres que les premiers
rayons du soleil coloraient , la fleur
qui s'entr'ouvrait au vent frais du
matin , la vapeur légère qui , s'éle-
vant des ruisseaux , semblait dessi-
ner leur cours au milieu des airs.
Comme ces grands et magnifiques
tableaux frappaient nos yeux d'ad-
miration ! comme ils parlaient élo-
quemment à nos ames ! Nos cœurs
innocens s'élevaient , en ces momens, vers le créateur de tant de
merveilles ; nous gardions un silence religieux, et nos mains entre-

lacées devenaient les seuls inter-
prètes de nos sentimens. Mais si
pendant ces scènes muettes et tou-
chantes, j'entendais l'oiseau du matin réveiller par ses chants mélo-
dieux sa compagne encore endormie
sous le feuillage, j'étais aussitôt
rendue à tous mes chagrins, ma tête
se troublait, mon sang fermentait, je
me jetais dans les bras de Coraly,
et mes larmes n'annonçaient que
trop l'état pénible de mon cœur (1).

_____

(1.) Cet état pénible de Zorada ne peint
que trop fidellement les tristes effets de la
lecture des romans sur de jeunes personnes
douées d'une imagination ardente, et d'un
cœur sensible. En lisant ces sortes de produc-
tions, où tout est présenté hors de la vérité,
on s'intéresse à des malheurs chimériques,
on s'identifie avec les acteurs de ces scènes
imaginaires : la jeune femme n'y voit que
des hommes sensibles, désintéressés, cons-
tans en amitié, fidèles en amour. Elle con-

Un jour nous revenions de ces promenades matinales, Coraly soutenait mes pas. Tout-à-coup un serpent monstrueux lève sa tête au milieu des cannes, à peu de distance de nous; la peur nous saisit, et nous nous enfuyons tout éperdues. Il nous poursuivait : nous allions succomber à la fatigue , à

---

naît déja l'homme unique qui réunit à lui seul toutes les perfections qu'elle vient d'admirer dans ses héros. L'imprudente s'abandonne aux plus douces illusions : elle s'égare! Bientôt elle se réveillera, elle frémira de ne voir que le crime, là même où elle croyait adorer la vertu; mais il ne sera plus temps.... elle est déshonorée! Pour combler son malheur, il n'est pas nécessaire que cet indigne amant soit un monstre, il suffira qu'il soit faux, inconstant et léger , comme ils le sont tous. James valait mieux que beaucoup d'autres : cependant Zorada vécut et mourut malheureuse !

l'effroi, et devenir ses victimes;
quand un soldat qui avait aperçu
le serpent et le danger que nous
courions, s'empressa de voler à
notre secours. Ce brave homme ne
consultant que son courage, se pré-
cipita au-devant du monstre, l'at-
taqua, et l'eut bientôt abattu sous
ses coups. Au même instant je tom-
bai mourante de frayeur. Ce généreux étranger s'approcha de moi,
me prit dans ses bras, et, con-
duit par Coraly qui tremblait, il
me porta chez moi. La nouvelle
de notre accident se répandit dans
toute l'habitation. Mes noirs, dont
j'étais tendrement aimée, péné-
trèrent dans mon appartement: on
ne put les retenir, ils se précipi-
tèrent aux pieds de mon libérateur, le bénissant mille et mille
fois, le remerciant, avec toute l'ef-
fusion de l'ame, d'avoir sauvé les

jours de leur bonne maîtresse. L'é-
tranger était vivement ému, Coraly
n'était pas encore bien rassurée, et
moi j'étais partagée entre le sentiment de la reconnaissance , et
celui peut - être aussi doux que
m'inspirait l'intérêt que tous ceux
qui m'entouraient prenaient à la
conservation de mes jours.

J'invitai mon libérateur à passer
avec nous cette journée qui, sans
son intrépidité, aurait été infailli-
blement ma dernière ; mais il ne
put se rendre à ma prière : il était
soldat de la colonie, et l'heure de
son service le rappelait au Cap.

J'obtins de mon libérateur qu'il
reviendrait nous voir le lendemain.
Il refusa constamment l'or que je
crus d'abord devoir lui offrir : je
n'insistai point, je craignis de faire
violence à sa délicatesse , et je sen-

tis que l'or ne pouvait acquitter
un service pareil à celui que je venais de recevoir. — Demain , lui
dis-je, bon étranger, au même en-
droit où vous m'avez sauvé la vie,
je vous attendrai à la même heure:
vous ne vous déroberez point à ma
vive reconnaissance.

Il promit de venir, et nous laissa
ma compagne et moi pénétrées de
son courage et de son noble désin-
téressement.

Il partit; mais il laissa son image
gravée pour toujours au fond de
mon cœur. Elle n'en sortira plus.
James , c'était le nom sous lequel
ce soldat s'était fait connaître auprès de nous , avait à - peu - près
vingt-quatre ans : ses traits, brûlés
par le soleil, n'avaient rien perdu
de leur élégance et de leur beauté
naturelles ; sa voix douce et ca-

ressante.

ressante contrastait singulièrement
avec son accoutrement militaire ; il
était à peine vêtu, mais les lam-
beaux d'uniforme dont il était cou-
vert, n'ôtaient rien à la noblesse
de sa démarche ; ses discours, son
extérieur prévenaient en sa faveur ; on devinait aisément que cet
homme était déplacé dans le corps
où il servait ; car vous n'ignorez
pas, Madame, qu'il était en grande
partie composé des plus mauvais
sujets du continent. James, dans
son déplorable état, avait conservé
les manières et le ton d'un homme
honnête ; il paraissait avoir plutôt
à se plaindre qu'à rougir de sa
mauvaise fortune. Je ne sais, Madame, si c'était déjà l'amour qui
lui prêtait les couleurs favorables
sous lesquelles je me plaisais à
le considérer ; mais je vous peins

I

fidèlement la première impression
qu'il fit sur mon ame.

Coraly et moi, nous nous per-
dions en de vagues conjectures sur
cet homme étonnant : j'en parlais
avec cet abandon de la sensibilité, qui annonce une prévention trop favorable. Mon amie s'ap-
perçut des sentimens involontaires
qui m'agitaient. Elle me tint le langage de la raison et de l'amitié.
— Je crains bien, me dit-elle, ma
chère Zorada, que cet étranger ne
devienne plus funeste à ton repos,
qu'il ne s'est montré secourable ce
matin, dans le moment du danger.
Puisse-t-il ne pas t'avoir sauvé la
vie, pour la semer ensuite d'a
larmes, d'inquiétudes et de tour
mens ! — Mais, lui répondis-je
qu'ai-je donc à craindre du pauvr
James ? — Je ne sais, reprit-elle

l'intérêt qu'il paraît t'inspirer, la vi-
vacité avec laquelle tu m'en parles...
Je l'interrompis........ Ne dois-je
pas, ma chère Coraly, la vie à ce
brave jeune homme? Toi-même,
sans lui, peut-être tu n'existerais
plus! Ah! ne blâme donc point ma
tendre reconnaissance. Pourrais-tu
ne pas la partager? — Zorada, me
disait mon amie, je partage tes sentimens; ils partent d'une ame honnête et sensible : mais crains d'aller
plus loin que cette légitime reconnaissance. Je pénètre dans ton
cœur; il éprouve, sans le savoir, le
besoin impérieux d'aimer ; comme
la liane flexible il ne demande qu'à
s'attacher. Méfie-toi, je t'en con-
jure, de cette excessive sensibilité;
redoute un penchant que rien ne
saurait justifier, et qui, après avoir
fait ta honte, ferait à jamais ton

supplice. Ma Zorada pardonnera
sans doute à mon amitié facile à
s'alarmer, des craintes peut-être
chimériques... Te le dirai-je ?....
O mon amie ! je tremble que tu
n'aimes déjà ce *pauvre James* !...
Cependant que de malheurs sui-
vraient un pareil amour ! Un soldat du Cap !.... Ce nom seul ne
doit-il pas te faire craindre......

— C'est assez, Coraly, repris-je
avec une humeur que je ne pus dé-
guiser, je désapprouve cet excès de
zèle. L'amitié qui nous unit depuis
l'enfanc, te donne bien des droits
sur mon cœur ; mais ils ne vont pas
jusqu'à te permettre de chercher à
avilir à mes yeux un infortuné qui
nous a sauvé la vie... Je saurai conserver éternellement le souvenir
d'un service que Coraly paraît avoir
sitôt oublié !

Coraly fut interdite de la froideur et de la sécheresse avec lesquelles je venais de lui parler. C'était la première fois de ma vie que j'affligeais cette bonne créature. Quelques larmes qu'elle cherchait à me cacher, roulèrent dans ses yeux. Alors, avec cet accent pénible que prend toujours l'amitié blessée, elle me dit en m'embrassant : Cruelle amie, voilà les premiers pleurs que tu me fais répandre. Je le vois bien, Zorada, je me suis trompée ; tu n'as rien à craindre de tes sentimens pour James... Ton bonheur... mon amitié..... ont pu m'alarmer... Ah! dis-moi que tu m'as pardonné..... Ma jeune amie me pressait dans ses bras caressans, et je me reprochais la peine que je venais de lui causer. Ce nuage léger fut bientôt dissipé, nous nous aimions trop l'une et l'autre , pour ne pas écarter à l'instant même tout ce qui aurait pu troubler une amitié si tendre et si long-temps éprouvée.

J'attendais malgré moi l'entrevue du lendemain , avec la plus vive impatience. Je me rappelais cependant les sages conseils de mon amie , je me promettais bien de les suivre , et de me tenir en garde contre tout autre sentiment que celui de la reconnaissance. Vains projets ! Il n'était déjà plus temps.

A peine le moment convenu était-il arrivé, que James parut. A sa vue , j'éprouvai , malgré toutes mes résolutions , un trouble involontaire qui m'eut éclairée, si j'avais été moins innocente. James avait-il eu le projet de me plaire ou n'était-ce seulement que par

un sentiment d'amour-propre, qu'il
était mieux vêtu que la veille ? Je
l'ignore ; mais une mise décente,
un peu de parure ajoutaient à ses
avantages personnels , et le ren-
daient encore plus dangereux pour
moi.

En nous abordant avec cette aimable modestie , si différente du
timide embarras que le pauvre
éprouve auprès des êtres riches et
brillans : — Je vous obéis , me
dit-il , Madame. Le désir de savoir
si vous étiez bien remise de votre
frayeur , m'a fait hâter le moment
de vous revoir.

—Vous le voyez, honnête James,
lui répondis-je , il ne nous reste plus
que le souvenir de notre accident ;
mais , je vous en prie , ne me laissez
pas le fardeau d'un aussi grand bien-

fait : permettéz-moi de m'acquitter.
Indiquez - moi ce que je puis faire
pour vous.

— Une part dans votre souvenir,
reprit-il, et quelque estime, voilà
tout ce que James ose attendre de
vous.

J'insistai... —James, dans l'état
où vous êtes, et pour lequel vous
ne me semblez pas né, peut - être
avez vous à supporter des priva-
tions cruelles ? Faite - moi connaître
si le besoin ...

—Le besoin, interrompit-il vivement ? le premier , le plus impérieux de tous , vous l'avez satisfait
en m'offrant l'occasion de faire une
bonne action.

Je lui demandai quel était son pays ;
j'appris qu'il était Français. Par quel
événement, lui dis-je, vous trou-

vez-vous dans le régiment du Cap ?

—Je vous entends, Madame, j'entrevois même quelle impression défavorable le nom seul de soldat du Cap a pu vous donner contre moi. (Coraly me regardait attentivement pendant que James parlait). Je sais que plusieurs de mes camarades ne partagent mon service, que pour se dérober à un sort plus fâcheux qu'ils ont mérité ; croyez cependant qu'il est parmi eux beaucoup plus d'infortunés que de coupables.

Je dis au bon James que mon cœur et ses discours m'annonçaient qu'il n'était que malheureux.

—Et bien malheureux, reprit-il! Les premières années de ma jeunesse ont été orageuses; j'ai eu des torts irréparables , dont mon cœur gémira éternellement; mais je n'en devais trouver la punition qu'au fond de mon ame , et ce n'est par pour eux que j'ai été forcé de m'expatrier. J'ai eu le malheur de déplaire à quelques hommes puissans; je suis leur victime ; l'autorité que j'ai blessée , s'est vengée sur moi des vérités que j'ai eu le courage de lui dire.

Je voulus savoir quels étaient ces torts irréparables que James se reprochait si amèrement ; je le pressai de me les faire connaître. Je vis que j'exigeais trop. Ses yeux se remplirent de larmes , il laissa échapper un soupir..... Cependant il surmonta ce premier mouvement de sensibilité , et me prenant affectueusement une main que je ne songeais pas à lui retirer, il me dit:

— Aimable et sensible Zorada , il est quelquefois moins douloureux de supporter ses maux, que d'en parler. On aime à confier ses chagrins, quand ils peuvent être adoucis, il faut les garder dans le cœur quand ils sont sans remède.

—Sans remède? Non James, non, il n'est point de maux sans remède. Parlez, peut-être....

—Eh! ne suis-je pas condamné à vivre et mourir soldat de la colonie? Je ne reverrai plus ma patrie! et cependant c'est là... là seulement... que dis-je! là même pourrais-je encore retrouver le bonheur?.. Non, non, il n'en est plus pour moi.

Ces derniers mots me firent connaître que James désirait de repasser en France. Dès cet instant, je résolus de lui acheter son congé, de le combler de mes bienfaits, et de lui procurer tous les moyens de rentrer dans sa patrie. J'entendais bien, au fond de mon cœur, une voix secrette qui s'opposait à cette résolution ; mais je me sentais le courage de n'écouter que l'honneur et mon devoir. J'embrassais avec ardeur cet unique moyen de m'acquitter envers mon libérateur ; j'en calculais la possibilité ; je méditais quelles démarches j'aurais à faire pour y parvenir.... Absorbée dans ces réflexions, je ne m'appercevais point de mon silence et de l'étonnement de James et de Coraly....

Je me remis bientôt. J'engageai James à nous donner tout le jour: il y consentit, et nous retournâmes à mon habitation. Il fallut encore à notre arrivée que mon libérateur reçût les caresses et les bénédictions de tous mes noirs.

Je voulus que ce jour fût pour tout le monde un jour de fête. Je fis suspendre tous les travaux ; on dansa, on folâtra : pour la première fois mon cœur s'ouvrit au sentiment du plaisir. L'ame de James se dilatait aussi ; il montra la plus grande gaieté pendant toute la journée, et le soir il parut se séparer de nous avec regret. Nous le reconduisîmes jusqu'aux portes de la ville ; en nous quittant, je lui fis promettre qu'il nous reverait sous deux jours.

Nous revînmes ma compagne et moi. En marchant nous ne parlions que de James, de son esprit, de ses qualités, de tout ce que je n'admirais déjà que trop en lui. Coraly se permit encore quelques réflexions amicales, quelques conseils salutaires. Je l'interrompis en lui faisant part du projet que j'avais conçu le matin. Elle en fut enchantée, et m'encouragea à le mettre au plutôt à exécution.

Le lendemain, je me fis conduire chez le gouverneur de la colonie. Je fus admise à son audience. C'était alors M. B...... homme dur, brusque, impérieux et violent. En me voyant, son front sévère se dérida cependant un peu; il avait entendu parler de ma solitude et de mes faibles attraits : ma démarche parut l'étonner. Je lui racontai en peu de mots le sujet de ma visite, mon aventure, et le courage de James. Je finis par le prier de m'accorder son congé, et de me permettre d'user de tous mes moyens pour le mettre à même de repasser en France.

— En France, s'écria-t-il en jurant et frappant du pied, impossible..... impossible !

— Mais, lui dis - je, il est donc
votre prisonnier ?

— Autant vaut, répondit - il.
Le drôle m'est plus recommandé
que tout le régiment ensemble. En
France ! James, en France ! non,
non, jamais.

Je voulus savoir quel crime on
lui imputait.

— Ah ! quel crime ? reprit le
gouverneur. Il s'agit bien ici de
crimes ! Ce mauvais garnement ne
se donne-t-il pas les airs de faire le
philosophe, d'écrire contre l'autorité.... Le coquin a osé... Mais bri-
sons-là. Vous demandez le congé de
James ? Je ne vous l'accorderai pas.

Combien je souffris de cette indé-

cente sortie du vieux gouverneur
contre un homme que je croyais
estimable ! Ainsi, lui dis-je, en
dissimulant mon indignation, vous
me refusez les moyens de m'acquitter envers mon libérateur ?

— Un peu d'or, belle Zorada,
reprit M. B.... d'un ton qu'il s'ef-
forçait d'adoucir, un peu d'or.....
Tous ces marauds-là sont assez
payés de leurs belles actions, quand
ils en obtiennent quelques grains.

Je lui appris alors que James avait
refusé d'en recevoir...

En apprenant ce refus généreux,
le vieux gouverneur tressaillit sur
son fauteuil. L'altération de ses
traits décela combien ce désinté-
ressement lui paraissait difficile à
croire, et rare à trouver. —James a
refusé de l'or!... de l'or ! répétait-
il....... Voilà le premier soldat.....

Je profitai de ce moment pour tâcher de fléchir M. B.... Après bien des instances il me parut perdre un peu de sa dureté naturelle.

—Cependant, me dit-il, il me vient une idée. Si James veut me donner sa parole, et vous votre caution, qu'il ne quittera pas Saint-Domingue, je lui délivre son congé. Mais qu'il n'aille pas songer à repasser en France, vous m'en répondriez sur votre tête!.... Je sais bien que j'outre-passe mes pouvoirs, que je m'expose même, en vous accordant cette faveur ; mais un soldat qui refuse de l'or ne manquera point à sa parole s'il me la donne..... Vous m'entendez, belle Zorada? Sa parole et votre caution!

Je voulus savoir à quel prix on taxait le congé de James. — M.

K

B... me renvoya pour cet objet vers
son secrétaire. La somme que le
secrétaire exigea, me fit mieux
concevoir pourquoi le désintéres-
sement de James avait si fort éton-
né le gouverneur. Enfin j'obtins le
congé en bonne forme, je donnai
ma caution pour James, et je
promis d'envoyer le lendemain la
promesse écrite et formelle, par
laquelle il s'interdirait le retour
en France.

Je revins auprès de Coraly. Je
lui montrai l'heureux congé. Mais
quand je lui fis part des con-
ditions que le gouverneur avait
mises à cette précieuse faveur : —
Que deviendra James, me dit-elle?
comment pourra-t-il exister ici,
sans parens, sans amis...?

— Sans amis! Et nous, ma chère
Coraly, ne sommes-nous pas, ne

serons-nous pas toujours ses amis ?
Tu connais , ajoutai - je aussitôt ,
cette petite maison où, du vivant
de mon père , nous allions passer
la saison brûlante de l'été , au pied
de la montagne qui borne notre
habitation ? C'est là que je prétends
établir James.

Coraly voulut encore m'objecter
mille raisons que j'écoutai trop
peu. J'étais déterminée à ce parti,
parce qu'il me paraissait le seul
qui pût arracher James à son
mauvais destin , en ménageant sa
délicatesse.

Tout le jour fut employé à réparer le désordre que plusieurs années d'abandon avaient occasionné
dans l'hermitage. (C'était le nom
que mon père donnait à cette demeure champêtre.) Nous y plaçâ-
mes tous les meubles nécessaires au

service de James. Six de mes esclaves y furent logés. Je leur or-
donnai de regarder celui qui l'ha-
biterait comme leur maître, et de
lui obéir en tout avec le zèle et
l'attachement qu'ils m'avaient toujours témoignés.

Le jour où je devais revoir James arriva : aussitôt que je l'ap-
perçus, je courus au - devant de
lui, et lui remis la feuille de congé. Ce fut pour moi l'instant le
plus heureux, le seul vraiment fortuné de ma vie. Peignez - vous,
madame, l'étonnement, la joie de
ce jeune homme. Il se précipite à
mes pieds, me prend les mains,
les couvre de baisers et de larmes.
— Généreuse Zorada, comment
pourrai - je jamais reconnaître ?...
Mais seul, sans amis, sans res-
source, où trouver les moyens et

l'occasion de repasser en France ?

—J'ignore, lui dis-je en l'interrompant, quelles raisons puissantes déterminent le gouverneur ; mais il ne peut permettre votre retour en France.

A ces mots, James me regarda d'un air égaré. La joie répandue sur sa figure s'évanouit, il pâlit, le congé lui échappa des mains.

—Non, ajoutai-je aussitôt, honnête James, vous ne pouvez en ce moment quitter la colonie. J'ai même promis au gouverneur que vous lui en donneriez votre parole, je me suis en outre portée pour votre caution.

— Ah! Zorada, Zorada, s'écriat - il douloureusement, mon bonheur n'a pas été de longue durée ! votre générosité me pénètre; mais je ne signerai point cette cruelle promesse. En restant au service, je conserve encore quelque espoir..... la fuite...... la désertion..... Que me restera-t-il si je donne ma parole ?...

— Je lui répondis : Espérons tout du temps ; les troubles qui agitent le continent pourront amener des événemens et des chances plus favorables.

Comme les malheureux sont prompts à saisir la plus faible lueur d'espérance ! James ouvrit avidement son ame à celle que je lui présentais. Oui, sans doute, me dit-il, un jour...... mais en attendant cet instant fortuné, où trouverai-je une retraite où je puisse me livrer sans inquiétude à l'espoir consolant que vous m'offrez ?

— Ici, lui dis-je, auprès de moi.

Et aussitôt je lui détaillai les arran-
gemens que j'avais pris. Je lui re-
présentai qu'il pouvait être sans
inquiétude, que je mettrais mon
bonheur à lui procurer tout ce qui
pourrait embellir sa vie, et contri-
buer à lui faire supporter l'espèce
d'exil dans lequel il allait vivre,
jusqu'au moment où il pourrait
retourner dans sa patrie.

Il balançait encore, il m'objec-
tait sa délicatesse, il ne pouvait
recevoir des bienfaits dont il ne
pourrait jamais s'acquitter. J'avais
prévu de pareilles objections de la
part d'un homme tel que James.
J'ajoutai: Je vis seule, j'ai besoin
d'un homme qui conduise les travaux de mon habitation. Jusqu'ici
le dévouement de mes noirs a pré-
venu le dépérissement de mes biens,
mais leur zèle a besoin d'être diri-

gé. Je vous choisis dès aujourd'hui
pour cet emploi. Refuseriez-vous
de m'être utile?—Non, sans doute,
répondit James; mais, généreuse
Zorada, je vois...—Ne voyez rien
que ma reconnaissance. Laissez-
moi remplir le devoir le plus sacré, le plus cher à mon cœur.

Enfin il se laissa vaincre, et
signa la promesse de ne point
quitter la colonie.

James, consentit donc à s'établir à
l'*Hermitage !* je lui assurai 10,000
livres de traitement, le logement
et ma table ; j'exigeai en outre
qu'il touchât une année d'avance
de ses honoraires. Je fus obligée
de descendre à tous ces détails pour
calmer les alarmes d'une ame trop
délicate.

Après cette scène attendrissante
qui

qui se passa plus rapidement encore
que je n'ai pu vous la peindre, Coraly
était muette d'étonnement, James
attendri ne pouvait proférer que
les mots de reconnaissance, de dévouement ; il m'appelait sa généreuse bienfaitrice , sa divinité ; et
moi j'éprouvais cette émotion paisible et douce qui accompagne
toujours le sentiment d'une bonne
action : je ne voyais que le bonheur de James, et je m'applaudissais
d'en être l'auteur. Mon cœur était
encore pur et mon ame innocente.
Aujourd'hui même , que tous les
voiles de l'illusion sont déchirés,
que je puis, sans prévention m'in-
terroger et me juger , je sens
que si j'avais pu obtenir le retour
de James en France , je l'aurais
fait avec plaisir : que dis-je ! j'aurais sacrifié ma fortune , ma vie

L

même pour le rendre au bonheur. Nul projet, nul espoir criminel n'altérait la pureté de ma détermination : ma sensibilité me faisait prendre le change sur les sentimens qui me guidaient ; je croyais ne céder qu'à la pitié, à la reconnaissance, quand je suivais, sans le savoir, l'impulsion d'un amour qui m'a perdue.

En vous faisant connaître mes malheurs, madame, je ne veux point me présenter sous des dehors trop favorables, mais je veux également éviter de m'avilir à vos yeux plus que je ne le mérite. Je vous le répète : mon ame était encore innocente et pure, et si depuis j'ai dû perdre toute estime, je pourrais n'en accuser que la position difficile où je m'étais imprudemment engagée.

James, comme je viens de vous le dire, madame, était établi à l'*Hermitage* : il me donnait tous les momens qu'il pouvait dérober à ses occupations. Plus je le voyais, plus je trouvais de raisons pour l'aimer et l'estimer. Je me livrais avec sécurité aux sentimens qu'il m'inspirait : je croyais le chérir comme un frère, et j'espérais l'aimer toujours avec la même innocence ; je riais des tendres inquiétudes que la prévoyante Coraly me montrait encore quelquefois.

Cette heureuse ignorance de moi - même ne fut pas de longue durée. De jour en jour James m'intéresssait plus vivement, ou plutôt je commençais à mieux connaître la nature des sentimens qui m'animaient depuis notre pre-

mière entrevue. Je m'appercevais que Coraly n'occupait plus
la première place dans mon cœur:
toutes mes démarches, toutes mes
pensées se rapportaient à James.
Avant l'aurore, je m'éveillais pour
aller l'attendre au pied de la montagne ; je le suivais dans ses cour-
ses les plus pénibles, sous l'ardeur
du soleil, malgré les injures du
temps ; je partageais, pour ainsi
dire, ses travaux, ses peines, ses
plaisirs. Je me trouvais heureuse
quand je le voyais, quand je pou
vais lui parler ou l'entendre : c'é
tait sur-tout lorsque la nuit le rap
pelait à l'*Hermitage*, que je sentai
combien il était nécessaire à mo
bonheur : je courais alors au fon
de mon appartement m'occuper en
core de son image, et verser de
pleurs que je cachais à Coraly. J

n'osais me confier à mon amie, je
rougissais de moi-même : je voyais
que je me perdais ; mais tel était
le délire de mes sens et l'égarement
de mon cœur, que je n'avais pas
la force d'invoquer la fidelle amitié dont les conseils salutaires auraient pu m'arrêter aux bords du
précipice.

Il est bien difficile de cacher
aux yeux d'un objet aimé, les sentimens qu'il nous inspire : James
s'aperçut de l'impression profonde
qu'il avait faite sur mon ame ; il
était jeune et sensible, il ne put
se défendre de m'aimer. Je le
vis devenir par dégrés plus em-
pressé, plus tendre auprès de moi.
A peine le jour commençait-il à pa-
raître , que je sortais pour aller respirer la fraîcheur de l'air du matin;
je n'étais pas long - temps seule :

bientôt je voyais James accourir au-
devant de moi : il m'aportait les fleurs
que sa main avait cueillies, il en
demandait le doux salaire, et exi-
geait quelques baisers que je n'osais
lui refuser, qui me faisaient rougir,
et dont il paraissait aussi troublé que
moi. Dans nos promenades, quand
mon bras s'appuyait sur le sien, il
le pressait d'abord avec un peu de
timidité, ensuite plus vivement, me
parlant de moi, de mes bienfaits,
de mes charmes et de sa tendre reconnaissance. J'aimais James avant
d'avoir conçu l'espoir d'en être aimée, combien mon amour dût - il
augmenter quand je le crus parta-
gé !

Souvent, je voulus engager
James à m'ouvrir son ame ; j'aurais désiré qu'il m'eût instruite
des véritables raisons qui avaient

causé les malheurs de sa vie :
mais il éludait mes questions ;
elles semblaient même l'affliger. Je
résolus de respecter ses secrets :
mon amour jeta le voile de l'illusion sur l'inconséquence de ma
conduite, et sur le danger auquel
je m'abandonnais volontairement,
en réunissant pour ainsi dire toutes
mes affections sur un inconnu qui
n'avait d'autre titre auprès de moi,
que ses qualités extérieures et ma
faiblesse.

Sur ces entrefaites, Coraly fut
obligée d'aller donner ses soins à
une vieille parente malade, qui demeurait à quelques lieues de mon
habitation. En me quittant, Coraly, me fit encore entendre la
voix courageuse de l'amitié : elle
me retraça mes devoirs, me

peignit avec force et vérité les suites funestes qui pourraient résul-
ter d'une trop grande familiarité
avec le dangereux James , et
m'exhorta à me défendre toujours
d'un sentiment qui m'entraînerait
peut-être dans les plus grands malheurs. Ses discours parlaient à ma
raison , mais ils ne pouvaient pénétrer jusqu'à mon cœur. Coraly ne
me quittait qu'avec la plus grande
répugnance ; elle avait des pressen-
timens qui ne se sont malheureu-
sement que trop réalisés : vingt
fois elle prit congé de moi, et revint autant de fois dans mes bras
pleurer, m'appeler son amie, et
m'engager à veiller sur mon bonheur. Je te laisse à toi-même, ma
chère amie., me disait-elle, ah ! je
t'en prie , qu'à mon retour , je
retrouve Zorada aussi pure, aussi

vertueuse que je la laisse en ce moment !

Après son départ, James devint encore plus assidu auprès de moi, nous étions inséparables : je préparais ainsi moi-même le malheur de ma vie.

Un soir nous nous promenions ensemble dans l'allée d'orangers qui conduisait de ma demeure à l'*Hermitage*. James ne m'avait pas quitté de la journée. Jamais il ne m'avait paru aussi aimable ; je trouvais ses manières plus séduisantes, ses discours plus affectueux; je m'avouais intérieurement que je faisais dépendre mon bonheur de l'espoir d'être aimée de cet homme que j'adorais. La fraîcheur du soir, l'air parfumé que nous respirions, le spectacle brillant des cieux, tout semblait se réunir pour entretenir

ces vives emotions, et imprimer
plus fortement dans mon ame cette
tendre mélancolie qui était mon
état habituel. Je me livrais sans
défiance aux divers sentiments qui
m'agitaient : je ne connus mon im-
prudence qu'après en être devenue
la victime.

' James ne se lassait point de me
parler de mes bienfaits , de sa tendresse. Il me peignait la vie misérable d'un soldat, lui comparait ensuite son état présent, et dans l'ef-
fusion de ce qu'il appelait sa reconnaissance , il me baisait les
mains , et me jurait de m'aimer
toute la vie. Je répondais à peine ,
j'étais interdite ; des soupirs involontaires trahissaient ce qui se
passait dans mon ame. Nous
étions seuls, le silence et la paix
régnaient autour de nous ; mais le

trouble était dans mon cœur. James
devint plus pressant : à ses caresses,
d'abord innocentes, il joignit des
libertés que j'aurais dû réprimer,
et dont j'avais peine à me défendre.
Alors il me parla de son amour ; je
l'écoutai sans courroux. Dans un
transport qu'il ne put réprimer,
auquel je ne pus me dérober, il me
prit dans ses bras, me serra tendrement, et me conjura de mettre
par un tendre aveu le comble à son
bonheur.

J'étais trop faible pour résister à
l'homme que j'adorais ! il me fut
impossible de vaincre les sensa-
tions rapides et profondes auxquelles j'étais abandonnée. Nous
étions en ce moment à la porte
de l'*Hermitage :* mes genoux se
dérobaient sous moi, j'étais op-
pressée, tremblante ; des soupirs

convulsifs m'échappaient....James
me pria d'entrer à l'*Hermitage*. Je
m'y laissai entraîner..... Mon état
était vraiment alarmant , il fallut
rompre les cordons de mes ajuste-
mens , me faire respirer des sels.
Cruel James, que ne me laissais-tu
mourir!..Je n'avais point de femmes
auprès de. moi ; je me trouvais livrée aux soins d'un amant que
j'idolâtrais ; le trouble où j'étais.
le désordre de mes vêtemens , celui
plus grand encore qui régnait dans.
mon cœur ; mes larmes , mes soupirs finirent par ôter à James le
peu de raison qu'il avait conservé ,
la mienne était déjà perdue. Je
l'aimais trop pour rien opposer à
ses vives caresses.... Sagesse, honneur, vertu , j'oubliai tout, et je
devins criminelle !....

C'est de cette première faute, que

sont découlés, comme d'une source abondante , tous les chagrins qui désormais empoisonneront ma vie jusqu'à l'instant où j'irai me reposer enfin dans la nuit du tombeau.

J'étais déjà bien coupable , et cependant mon ame ne s'ouvrait point encore aux remords : il me semblait qu'en m'abandonnant à mon séducteur , je n'avais fait qu'user du droit légitime de disposer de mon cœur. J'aimais, je me croyais aimée; je ne voyais pas de crime à faire le bonheur d'un homme pour qui j'aurais sacrifié mille fois ma vie. L'espoir de donner à James le nom d'époux , fortifiait encore ma folle crédulité. J'estimais assez mon amant pour croire qu'il serait le premier à me proposer cette union qui pouvait

seule légitimer en quelque sorte
l'oubli de mes devoirs.

Cependant plusieurs jours se pas-
sèrent, j'étais de plus en plus coupable, et James ne me parlait point
du seul moyen de réparer ses torts
et les miens. Comme un cœur vivement épris est habile à s'abuser !
j'imaginai qu'un excès de délica-
tessse retenait mon amant. Il craint,
me disais-je, (en l'en estimant encore davantage,) que je ne voie
dans la demande qu'il ferait de ma
main, plus de cupidité que d'a-
mour!... Je résolus de lui en parler
la première.

Mais, madame, quels furent mon
étonnement et ma douleur? Loin
d'accepter avec reconnaissance le
don que je lui offrais de ma main,
James me parut très-éloigné d'un
pareil engagement.

L'honneur me commandait d'imposer silence à mon amour propre indignement outragé : j'insistai.

James s'obstina dans son opposition aux vœux légitimes de ma tendresse.

Pourquoi, me dit-il, belle Zorada, former des liens dont vous auriez trop à rougir dans une isle où l'orgueil gouverne toutes les têtes et dirige toutes les actions ? Votre honneur, ma généreuse amie, m'est plus cher que tout au monde ; mais croyez qu'il sera moins blessé par cet amour dont le secret restera éternellement enseveli dans le fond de mon ame, que par une union que l'on vous reprocherait ici publiquement. Non, je n'abuserai pas à ce point de l'empire que vous avez bien voulu m'accorder, je n'associerai

point Zorada , riche de tant d'attraits , si favorisée de la nature et
de la fortune , au sort d'un malheureux inconnu, sans biens., sans
asyle.... Jamais je ne pourrai consentir à dégrader ainsi celle que
j'aime et que j'aimerai jusqu'au
dernier soupir. Eh ! crois - tu , ma
chère et incomparable Zorada , que
les liens que tu me proposes puissent ajouter à notre amour réci-
proque? Ah ! crains plutôt que l'inconstance n'en soit le premier fruit.
Le cœur libre dans toutes ses affections, supporte toujours diffici-
lement le poids d'un serment....

J'interrompis ces vains subter-
fuges , je pris avec mon séducteur
le langage qui convenait à ma fâ-
cheuse et délicate situation..... Il
hésita... Je crus qu'il se rendait ;
mais s'arrachant avec effort à la

détermination qu'il paraissait sur le point de prendre , il me déclara que dans son pays il était lié par d'autres nœuds.

Ces mots furent un coup de foudre pour moi; j'en fus atterrée, anéantie : je retrouvai pour quelques instans ma fierté; je quittai le perfide , résolue de le bannir de ma présence et de lui retirer à jamais mon amour et mon estime.

Je courus me renfermer dans mon appartement..... C'est là que livrée à mes douloureuses réflexions , je vis enfin clairement l'horreur de ma situation. Les résolutions les plus funestes se succédaient tour-à-tour dans mon esprit. J'étais en proie à tous les tourmens dont une faible créature hu-

maine peut être accablée. Que
n'ai-je alors suivi les premiers mouvemens d'une ame que le remords
déchirait ! je n'existerais plus , je
n'aurais point à rougir aujourd'hui
devant vous de mon coupable égarement. Mais je n'étais point encore assez avilie ; j'étais réservée à
tous les degrés de l'humiliation ;
le ciel juste dans ses décrets ne me
croyait point assez punie.

Je revis James : il était pâle, dé-
fait, l'air abattu : ses yeux si avides
jusqu'alors de rechercher les miens
évitaient mes regards ; il s'arrêta
tremblant devant moi , comme le
criminel aux pieds d'un juge inflexible....

Je viens , me dit-il , d'une voix
altérée et entrecoupée par de longs
soupirs qui s'échappaient avec peine

de sa poitrine.... je viens, Zorada...
mourir à vos pieds.... ou.... obtenir
mon pardon.... Mais je le sens, je
dois vous trouver inflexible..... Je
ne conçois nul espoir de vous toucher.... Laissez - moi reprendre un
habit que je n'aurais pas dû quitter... Je vous rends tous vos bienfaits.... rendez-moi toute mon infortune, elle n'égalera jamais la
peine qui me déchire.... Je suis un
monstre, accablez-moi de votre
haine, de vos mépris. Vous m'ai-
miez, Zorada, et j'ai porté le désespoir dans votre sein! J'ai outragé
celle qui me rendit heureux......
Ah! que ne pouvez-vous lire dans
une ame, qui sera toujours pleine
de vous... Vous y verriez l'amour,
le funeste amour qui, seul, m'a
rendu criminel, et auquel je n'ai pu
résister..... Je voudrais au prix de

ma vie.... Adieu, Zorada, adieu,
haïssez-moi.... oubliez-moi.....

Les sanglots étouffèrent sa voix.
En voyant sa peine, je sentis s'é-
vanouir toute ma colère ; le reproche expira sur mes lèvres, je ne
pus que lui dire : — Coupable James, ajoutez à tous les maux que
vous avez accumulés sur la tête
d'une infortunée, le dernier coup
dont vous puissiez l'accabler !
Homme barbare, tu m'as avilie,
dégradée, crois-tu donc que je re-
couvre, en cessant de te voir,
l'innocence et la paix que j'ai per-
dues pour toujours ? Auprès de qui
me réfugier dans mon malheur ?
qui pourra me consoler, si l'auteur de mon infortune m'abandonne ? Tu veux partir ! Mais ne
me laisses-tu pas ma honte et le
souvenir de ma faute ? Ah ! cruel

James, puis-je renoncer à tous mes sentimens pour toi? Puis-je voir s'évanouir en un instant, toutes les illusions qui m'ont perdue?....

James était à mes pieds. Encouragé par la faiblesse de sa victime, il osa lever les yeux sur moi : il m'assura qu'il m'aimerait jusqu'au dernier soupir ; qu'il n'avait pu maîtriser la passion que je lui avais inspirée. Je l'écoutais, et la sérénité que je voyais reparaître par degrés sur la figure séduisante de mon amant, me rendit plus disposée à lui pardonner. Hélas ! Madame, quand une fille a perdu cette innocence virginale qui peut seule lui rendre la vertu agréable et facile, elle est pour toujours sans force contre les attaques de la séduction ; misérable jouet des passions, elle est désormais semblable à la feuille abandonnée aux vents impétueux : le soufle empoisonné du crime l'agite, la balotte, l'entraîne et la précipite à son gré!.. J'eus la faiblesse de prononcer le mot funeste de pardon, je scellai mon infamie, et je devins dès cet instant la méprisable maîtresse de James.

Fin de la première partie.

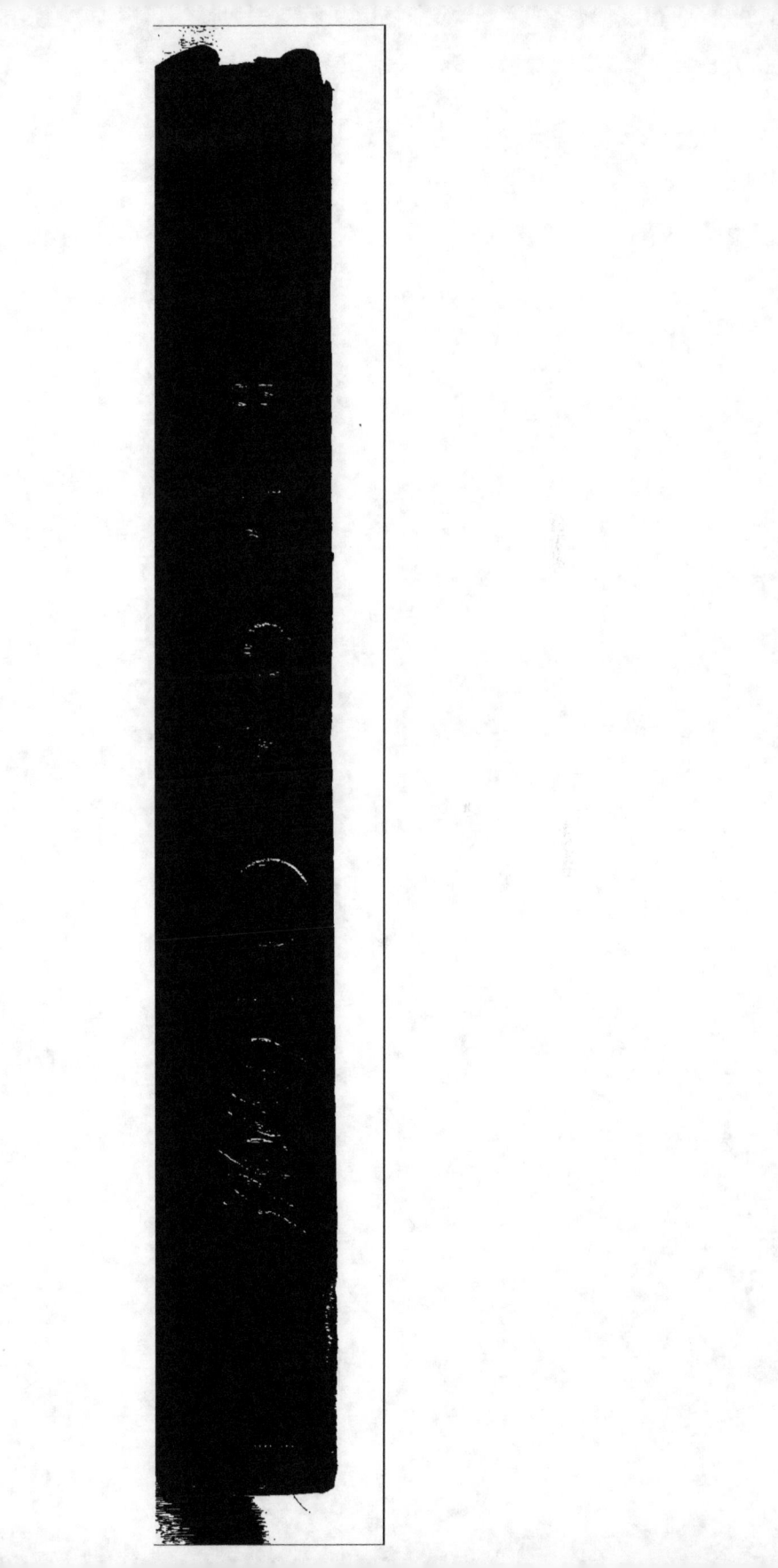